絶叫学級

悪意にまみれた友だち 編

いしかわえみ・原作/絵
桑野和明・著

集英社みらい文庫

絶叫学級《ぜっきょうがっきゅう》

悪意にまみれた友だち 編

79時間目《じかんめ》 しーちゃんの日《にっ》記《き》帳《ちょう》 3

80時間目《じかんめ》 プリント・コレクション 53

81時間目《じかんめ》 メイちゃんのメール 105

82時間目《じかんめ》 午《ご》前《ぜん》〇《レイ》時《じ》の旧《きゅう》校《こう》舎《しゃ》 147

79時間目《じかんめ》

しーちゃんの日記帳《にっきちょう》

プロローグ

皆《みな》さん、こんにちは。
絶叫学級《ぜっきょうがっきゅう》へようこそ。
私《わたし》の名前《なまえ》は黄泉《よみ》。
恐怖《きょうふ》の世界《せかい》の案内人《あんないにん》です。
腰《こし》まで届《とど》くつやのある黒髪《くろかみ》、猫《ねこ》のような金色《きんいろ》の瞳《ひとみ》。
下半身《かはんしん》は見《み》えないと思《おも》いますが、お気《き》になさらず。
たいした問題《もんだい》ではありませんから。
それでは、授業《じゅぎょう》を始《はじ》めましょう！
皆《みな》さんは友《とも》だちと交換日記《こうかんにっき》をしたことがありますか？
毎日《まいにち》の出来事《できごと》や感想《かんそう》を書《か》いて、おたがいに読《よ》んでもらう。

誰《だれ》にも言《い》えない秘密《ひみつ》を打《う》ちあける。

交換日記《こうかんにっき》を通《つう》じて、相手《あいて》の考《かんが》えていることや思《おも》っていることがわかると、もっと仲良《なかよ》くなれるかもしれません。

今回《こんかい》、登場《とうじょう》する少女《しょうじょ》たちは、どんな日記《にっき》を書《か》くのでしょうか。

大人《おとな》になって何度《なんど》も読《よ》み返《かえ》せるような、ステキな思《おも》い出《で》だったらいいのですが………。

「これからディベートをやるので、ふたり一組《ひとくみ》になるように！」

五年《ねん》三組《くみ》の教室《きょうしつ》で、担任《たんにん》の先生《せんせい》が両手《りょうて》をたたいた。

その言葉《ことば》に三浦巴《みうらともえ》の体《からだ》がびくりと動《うご》き、ショートボブの髪《かみ》の毛《け》がゆれた。

（ふたり組《ぐみ》ってことは…………）

「困《こま》ったねぇー」

うしろの席《せき》から声《こえ》が聞《き》こえてきた。振《ふ》り返《かえ》るとリエが唇《くちびる》をへの字《じ》に曲《ま》げて、腕《うで》を組《く》んでいる。リエは背《せ》が高《たか》くて、パンツスタイルが似合《にあ》う細身《ほそみ》の女《おんな》の子《こ》だ。

リエはとなりの席《せき》に座《すわ》っていた良恵《よしえ》に目《め》をむける。

「どうしようか？」

「うーん…………」

良恵《よしえ》が首《くび》をかたむけて、人《ひと》さし指《ゆび》でトントンとあごにふれる。良恵《よしえ》はセミロングヘアのオシャレ好《ず》きな女《おんな》の子《こ》だ。リエと良恵《よしえ》は巴《ともえ》の友《とも》だちで、いつも三人《にん》で行動《こうどう》していた。

「ふたり一組《ひとくみ》だと、ひとりあぶれちゃうね」

「わっ、私《わたし》、由美子《ゆみこ》さんと組《く》むよ」

巴《ともえ》は一番《いちばん》うしろの席《せき》にいる由美子《ゆみこ》を指《ゆび》さす。

「えっ、いいの？」

良恵《よしえ》の顔《かお》がぱっと明《あか》るくなる。

「うん。良恵《よしえ》はリエと組《く》むといいよ」

「ありがとう、巴《ともえ》」

「ううん。気《き》にしないで」

巴《ともえ》は笑《わら》いながら、由美子《ゆみこ》のいる席《せき》にむかった。

(あーあ。また、私《わたし》が別《べつ》の子《こ》と組《く》まないといけないのか。ほんと、三人《にん》グループってイヤだよ)

ちらりと振《ふ》り返《かえ》ると、リエと良恵《よしえ》が楽《たの》しそうにおしゃべりをしている。

（まあ、リエと良恵《よしえ》は四年生《よねんせい》の時《とき》も同《おな》じクラスだったし、私《わたし》が一歩《いっぽ》引《ひ》くのはしょうがないんだろうけどさ）

誰《だれ》にも気《き》づかれないように、息《いき》をはきだした。

（せめて、私《わたし》たちのグループにもうひとりいてくれたら、私《わたし》があまることはないのに）

巴《ともえ》は、ぼんやりと席《せき》に座《すわ》っている由美子《ゆみこ》に声《こえ》をかけた。

「由美子《ゆみこ》さん、ひとりだよね？　私《わたし》と組《く》もうよ」

「…………あ、そうだね」

由美子《ゆみこ》は巴《ともえ》と視線《しせん》を合《あ》わせずに、手《て》にしていた教科書《きょうかしょ》を見《み》たまま、そっけなく答《こた》える。

巴《ともえ》と仲良《なかよ》くしようとは思《おも》っていないようだ。

（由美子《ゆみこ》さんは悪《わる》い子《こ》じゃないけど、友《とも》だちにしたいタイプじゃないよな。リエや良恵《よしえ》とも合《あ》わないと思《おも》うし。他《ほか》の子《こ》たちはもう、グループでかたまっちゃってるし、今《いま》からうちのグループを四人《よにん》にするのはむずかしいかもしれない）

巴《ともえ》はため息《いき》をついて、由美子《ゆみこ》のとなりの席《せき》に座《すわ》った。

そうじの時間《じかん》、ろうか側《がわ》の窓《まど》をぞうきんでふいていると、背後《はいご》からリエと良恵《よしえ》の笑《わら》い声《ごえ》が聞《き》こえてきた。

「リエ、今日《きょう》のディベートおかしかったよ」

「えーっ、そうかな？」

「さすがに毎日《まいにち》席替《せきが》えっていう提案《ていあん》はないって。しかも座《すわ》りたい席《せき》が早《はや》い者勝《ものが》ちってさ」

「でも、そうなったら、好《す》きな席《せき》に座《すわ》るためにみんな遅刻《ちこく》しなくなるじゃん。それって、いいことでしょ？」

「いやいや、先生《せんせい》だって大変《たいへん》だよ」

(また、ふたりで盛《も》りあがってる)

巴《ともえ》はぞうきんを強《つよ》くにぎる。

(私《わたし》だって、ふたりとおしゃべりしたいのに……。こうなったら、自分《じぶん》から声《こえ》をかけるしかないか)

「あ、あのね……」

ふたりに近《ちか》づこうとしたその時《とき》、ゴミ箱《ばこ》につまずいて、中《なか》のゴミが床《ゆか》にちらばった。

「あっ、しまった」

巴《ともえ》はあわててゴミを拾《ひろ》いあつめる。

「あれ？　何《なに》これ？」

目《め》の前《まえ》に真《ま》っ赤《か》なノートが落《お》ちていた。革製《かわせい》の表紙《ひょうし》で、スナップボタンの留《と》め具《ぐ》がついている。

拾《ひろ》いあげると、手《て》にひんやりとした冷《つめ》たさを感《かん》じる。

(古《ふる》いノートだな。革《かわ》の表面《ひょうめん》にひびが入《はい》ってる。誰《だれ》かがゴミ箱《ばこ》に捨《す》てたのかな？)

「どうしたの？　巴《ともえ》」

良恵《よしえ》が巴《ともえ》に声《こえ》をかけた。

「あ、このノートがゴミ箱《ばこ》に捨《す》てられてたんだよ」

「へーっ、ちょっと汚《よご》れてるけど、まだ使《つか》えそうだよね。もったいない」

「あっ、それ！」

リエがノートを指《ゆび》さした。

「それ、ネットで話題《わだい》になってるやつかもしれない」

「ネットで話題《わだい》？」

巴《ともえ》は首《くび》をかしげる。

「話題《わだい》って、どんな？」

「真《ま》っ赤《か》な表紙《ひょうし》のノートが、いつの間《ま》にか教室《きょうしつ》にあってさ、それで交換日記《こうかんにっき》をすると、メンバーがひとり増《ふ》えるってウワサがあるんだよ」

「えーっ？　そんなことあるわけないよ」

「と思《おも》うでしょ。でも、そんなことがあるから、話題《わだい》になってるんだって」

「またまたぁー」

良恵《よしえ》がけらけらと笑《わら》いだした。

「リエはそういう都市伝説系《としでんせつけい》のウワサ、好《す》きだよねー。あんなの絶対《ぜったい》にウソだって」

「良恵《よしえ》は信《しん》じないの？」

「信《しん》じるわけないでしょ。だいいち、これがネットで話題《わだい》になってるノートかどうかわからないし」

「でも、表紙《ひょうし》は真《ま》っ赤《か》だよ。それに、霊的《れいてき》なパワーみたいなものを感《かん》じない？」

「まったく何《なに》も感《かん》じないよ。どうせクラスの誰《だれ》かが、いらなくなったノートを捨《す》てただけでしょ」

「うーん。そうかなぁー」

ふたりの会話《かいわ》を、巴《ともえ》は無言《むごん》で聞《き》いていた。

(ひとり増《ふ》えるってことは、私《わたし》とリエと良恵《よしえ》が三人《にん》で交換日記《こうかんにっき》を始《はじ》めたら、どこからか四《よ》人目《にんめ》の人物《じんぶつ》がでてきて、日記《にっき》を書《か》いてくれるってことか)

巴《ともえ》はじっと真《ま》っ赤《か》なノートを見《み》つめる。

(四人《よにん》になったら、私《わたし》があぶれることがなくなるかもしれない。それって、私《わたし》が望《のぞ》んでいることだ)

巴《ともえ》のノドがごくりと音《おと》をたてた。

「ね、ねえ。このノートで交換日記《こうかんにっき》してみない?」

巴《ともえ》の提案《ていあん》に、リエと良恵《よしえ》は顔《かお》を見《み》あわせた。

リエは、巴《ともえ》が持《も》っているノートを指《ゆび》さす。

「交換日記《こうかんにっき》って、私《わたし》たち三人《にん》で?」

「うん。本当《ほんとう》にひとり増《ふ》えるかどうか、試《ため》してみようよ！」

「あ…………なるほど。そういうことか」

「おもしろいと思《おも》わない？　もし、本当《ほんとう》に四人目《よにんめ》がでてきたらさ」

「…………たしかにおもしろそう」

リエの瞳《ひとみ》がきらりと輝《かがや》く。

「えっ？　マジでやるの？」

良恵《よしえ》があきれた顔《かお》をする。

「どうせ、四人目《よにんめ》なんて、現《あらわ》れないって」

「たしかにそうかもしれないけど、良恵《よしえ》やリエのことをもっと知《し》りたいし」

「私《わたし》たちのこと？」

「うん。趣味《しゅみ》とか、今《いま》、何《なに》にハマってるとか」

「そういうことなら、まあ…………いいけど」

「やった。じゃあ、良恵《よしえ》から書《か》いてよ。次《つぎ》がリエで、最後《さいご》が私《わたし》ってことで」

「えーっ、私《わたし》から書《か》くの？」

「いいじゃん。書《か》いちゃいなよ」

リエが良恵《よしえ》の腕《うで》を人《ひと》さし指《ゆび》でつつく。

「私《わたし》も良恵《よしえ》がどんな日記《にっき》書《か》くか、気《き》になるし。好《す》きな男子《だんし》が誰《だれ》か、とかさ」

「そんなの書《か》くわけないって」

「あはは。やっぱ、それは書《か》かないかー」

「リエが先《さき》に書《か》くなら、私《わたし》も書《か》いていいけどね」

「それは絶対《ぜったい》に無理《むり》」

盛《も》りあがっているふたりを見《み》て、巴《ともえ》はぐっとこぶしをにぎりしめた。

(やった。これで、私《わたし》たちのグループが四人《よにん》になれるかもしれない。それに、ふたりともっと仲良《なかよ》くなれるかも…………)

巴《ともえ》は瞳《ひとみ》を輝《かがや》かせて、手《て》にした赤《あか》い日記帳《にっきちょう》を見《み》つめた。

二日後《ふつかご》の夜《よる》、巴《ともえ》は自分《じぶん》の部屋《へや》で、良恵《よしえ》とリエが書《か》いた日記《にっき》を読《よ》んでいた。

『最初《さいしょ》に日記《にっき》を書《か》くのはキンチョーするな。とりあえず、よろしく！　最近《さいきん》はスマホのゲームにはまってるよ。カードで対戦《たいせん》するゲームなんだけど、なかなかいいレアカードがでないんだよね。おこづかいは漫画《まんが》の本《ほん》に使《つか》っちゃったし、今月《こんげつ》はピンチだよ』

「ふーん。良恵《よしえ》はスマホのゲームやってるのか」

巴《ともえ》はその下《した》に書《か》いてあるリエの日記《にっき》を目《め》で追《お》った。

『今月《こんげつ》って、まだ始《はじ》まったばっかりじゃん。それでおこづかいがピンチってやばいよ。私《わたし》は来週《らいしゅう》、家族《かぞく》で絶叫《ぜっきょう》ランドに行《い》く予定《よてい》。新《あたら》しいアトラクションのおばけ屋敷《やしき》がすごく怖《こわ》いんだって。ちょー楽《たの》しみだよ』

「リエは家族《かぞく》と絶叫《ぜっきょう》ランドに行《い》くのか。いいなぁー」

机《つくえ》の上《うえ》においてあったシャーペンを手《て》にとり、巴《ともえ》はつぶやいた。

「うーん。やっぱり、交換日記《こうかんにっき》なんだから、リエの話題《わだい》にのるのがいいよね。となると、絶叫《ぜっきょう》ランドの話《はなし》か」

日記帳《にっきちょう》を机《つくえ》の上《うえ》に広《ひろ》げて、日記《にっき》を書《か》きはじめる。

『絶叫《ぜっきょう》ランドのおばけ屋敷《やしき》って、おもしろそう。もしかして、ゾンビとかでてくるのかな。それなら、私《わたし》も行《い》ってみたいかも。あと、ジェットコースターにものりたい。でも、うちのお父《とう》さんは休《やす》みの日《ひ》は寝《ね》てばっかりだから、家族《かぞく》で遊《あそ》ぶのは無理《むり》かな』

「そうだ。良恵《よしえ》のことも、何《なに》か書《か》いたほうがいいか」

『良恵《よしえ》はなんの漫画《まんが》を買《か》ったの？　私《わたし》は恋愛系《れんあいけい》とホラー系《けい》が好《す》きだよ。最近《さいきん》のオススメは「恐怖学級《きょうふがっきゅう》」ってやつ。なかなか怖《こわ》いよ』

「よし！　これでいいや」

巴《ともえ》は自分《じぶん》が書《か》いた日記《にっき》を読《よ》む。

（リエと良恵《よしえ》の日記《にっき》の話題《わだい》にものったし、こんな感《かん》じでやってけばいいや。これをきっかけに、私《わたし》たちのグループが、もっと仲良《なかよ》くなれるかもしれない。それに四人目《よにんめ》の誰《だれ》かが日記《にっき》を書《か》いてくれたら……）

「そうなったら、いいなぁー」

巴《ともえ》はほおづえをつきながら、にんまりとした。

それから、数週間《すうしゅうかん》がすぎた。

巴《ともえ》は自分《じぶん》の部屋《へや》で日記帳《にっきちょう》を開《ひら》いた。

「まだ四人目《よにんめ》は現《あらわ》れないかぁ」

そうつぶやきながら、イスの背《せ》もたれに体《からだ》をあずける。

「早《はや》くでてきてくれないかな。今日《きょう》も体育《たいいく》の授業《じゅぎょう》で、あぶれちゃったし」

ため息《いき》をついて、日記帳《にっきちょう》をめくっていると、途中《とちゅう》のページが破《やぶ》りとられていることに気《き》づいた。

「あれ？　前《まえ》に日記《にっき》を書《か》いてた人《ひと》が破《やぶ》ったのかな」

（もしかして、自分《じぶん》の日記《にっき》を読《よ》まれるのがイヤだったとか？）

「と、そんなことを考《かんが》えてる場合《ばあい》じゃない。日記《にっき》書《か》かなきゃ」

巴《ともえ》は良恵《よしえ》とリエの日記《にっき》を読《よ》んだ。

『今日《きょう》はお姉《ねえ》ちゃんといっしょにホットケーキ作《つく》ったよ。一枚目《まいめ》はこがしちゃって大失敗《だいしっぱい》。でも、二枚目《まいめ》からはうまく焼《や》けたかな。バターとハチミツで食《た》べると最高《さいこう》においしいから、みんなも作《つく》ってみたら』

『ホットケーキいいねー。でも、作《つく》るのめんどくさそう。私《わたし》はお店《みせ》で食《た》べるほうがいいな。そういえば、駅前《えきまえ》にスイーツのお店《みせ》ができたよね。今度《こんど》、三人《にん》で行《い》こうよ。抹茶系《まっちゃけい》のスイーツが人気《にんき》らしいよ』

「…………なるほど。ふたりともスイーツの話題《わだい》か」

（それなら、私《わたし》もスイーツの話題《わだい》にしたほうがいいかな。あとはこの前読《まえよ》んだ怖《こわ》い漫画《まんが》の話《はなし》か、お父《とう》さんが酔《よ》っぱらった話《はなし》か。あ、でも、怖《こわ》い漫画《まんが》とお父《とう》さんの話《はなし》は前《まえ》にも書《か》いたっけ。となると…………）

悩《なや》んでいると、ドアのむこう側《がわ》から、母親《ははおや》の声《こえ》が聞《き》こえてきた。

「巴《ともえ》、テレビに松宮《まつみや》くんがでてるよ。あなたファンだったでしょ？」

「えっ！　ほんと？」

「うん。今日《きょう》から始《はじ》まるドラマの主演《しゅえん》みたい」

「それ早《はや》く言《い》ってよ！」

巴《ともえ》はあわてて部屋《へや》を飛《と》びだすと、テレビがあるリビングにむかった。

次《つぎ》の日《ひ》の朝《あさ》、巴《ともえ》はあくびをしながら、教室《きょうしつ》の自分《じぶん》の席《せき》に座《すわ》った。

（昨日《きのう》のドラマおもしろかったなぁー。お医者《いしゃ》さん役《やく》の松宮《まつみや》くん、サイコーだったし。来《らい》

週《しゅう》も観《み》ないと）

「おはよーっ！」

良恵《よしえ》が巴《ともえ》の背中《せなか》をぽんとたたいた。

「どうしたの？　眠《ねむ》そうだね」

「あーっ、おはよう。昨日《きのう》、松宮《まつみや》くんのドラマ観《み》ててさ。寝《ね》るのが遅《おそ》くなっちゃって」

「そっか。巴《ともえ》は松宮《まつみや》くんのファンだったもんね」

「うん。松宮《まつみや》くんはイケメンでスタイルもいいからね」

良恵《よしえ》と会話《かいわ》していると、リエが近《ちか》づいてきた。

「ねえ、巴《ともえ》、日記帳《にっきちょう》見《み》せてよ」

「あ…………！」

巴《ともえ》は右手《みぎて》で口元《くちもと》を押《お》さえた。

「ごっ、ごめん。昨日書《きのうか》くの忘《わす》れちゃった」

「はぁ？　言《い》いだしっぺの巴《ともえ》が忘《わす》れるって、ありえないよ」

リエはほおをふくらませる。

「まあいいや。とりあえず、前《まえ》の日記《にっき》を読《よ》みたいから貸《か》して」

「う、うん」

巴《ともえ》はランドセルの中《なか》から日記帳《にっきちょう》をとりだしてリエに渡《わた》す。

リエは巴《ともえ》の目《め》の前《まえ》で、ページをめくりはじめた。

「…………あれ？」

「んっ？　どうしたの？」

「巴《ともえ》、日記《にっき》書《か》いてるじゃん」

「え…………？」

巴《ともえ》は目《め》を大《おお》きく開《ひら》いた。

「そんなことないって。私《わたし》、ホントに書《か》き忘《わす》れたもん」

「じゃあ、これは何《なに》？」

リエが日記帳《にっきちょう》のページを巴《ともえ》に見《み》せる。そこには書《か》いたはずのない日記《にっき》が書《か》かれていた。

『今日《きょう》、算数《さんすう》の時間《じかん》に、抜《ぬ》きうちテストをやらされて、サイアクだった。分数《ぶんすう》の割算《わりざん》なんて苦手《にがて》。みんなはどうだった？』

「わ、私《わたし》……こんなの書《か》いてないよ」

巴《ともえ》は日記帳《にっきちょう》に顔《かお》を近《ちか》づけた。

「……やっぱり、ちがう。私《わたし》の字《じ》じゃない」

「ほんとだ。これ、巴《ともえ》の字《じ》じゃないし、良恵《よしえ》の字《じ》でもない」

「あ……」

何《なに》かに気《き》づいたように、巴《ともえ》が口《くち》を大《おお》きく開《あ》ける。

「もしかして、四人目《よにんめ》の日記《にっき》？」

「そんなの、ないない」

良恵《よしえ》が笑《わら》いながら、顔《かお》の前《まえ》で手《て》を振《ふ》る。

「……たしかに私《わたし》たちの筆跡《ひっせき》とはちがうけど、巴《ともえ》のお姉《ねえ》ちゃんや妹《いもうと》がいたずらしたとかじゃないの？」

「いや、私《わたし》、ひとりっ子《こ》だし」

「あれ？　じゃあ、お母《かあ》さんとかお父《とう》さんとか」

「そんなことしないって。それに、うちの両親《りょうしん》は私《わたし》が交換日記《こうかんにっき》やってることも知《し》らないはずだし」

「そっか。私《わたし》の日記《にっき》のあとに書《か》いてあるから、リエか巴《ともえ》の家族《かぞく》がいたずらしたんだと思《おも》ったんだけど」

「待《ま》って！　この日記《にっき》変《へん》だよ」

リエが『抜《ぬ》きうちテスト』と書《か》かれた文字《もじ》を指《ゆび》さした。

「昨日《きのう》、算数《さんすう》の時間《じかん》に抜《ぬ》きうちテストなんてなかったよね？」

巴《ともえ》は昨日《きのう》の算数《さんすう》の授業《じゅぎょう》を思《おも》いだす。

（そうだ。テストなんてなかった。じゃあ、この日記《にっき》って……………）

その時《とき》、教室《きょうしつ》の扉《とびら》が開《あ》いて、先生《せんせい》が入《はい》ってきた。

「ほら、みんな、席《せき》につけ」

巴《ともえ》たちはあわてて、自分《じぶん》の席《せき》につく。

教壇《きょうだん》にいる先生《せんせい》がプリントの束《たば》を持《も》っていることに気《き》がついた。

前《まえ》の席《せき》に座《すわ》っている男子《だんし》が右手《みぎて》をあげた。

「先生《せんせい》、それなんですか？」

「算数《さんすう》のテストだ」

その言葉《ことば》に、教室《きょうしつ》がざわめいた。

「えーっ？　そんなの聞《き》いてないよ！」

「そりゃ、抜《ぬ》きうちテストなんだから、言《い》うわけないだろ」

先生《せんせい》がにんまりと笑《わら》う。

「まあ、昨日《きのう》の算数《さんすう》の授業《じゅぎょう》をまじめに聞《き》いてたら、わかる問題《もんだい》だからな」

「ってことは、分数《ぶんすう》の割算《わりざん》か。うわーっ、俺苦手《おれにがて》なんだよなー」

男子《だんし》が頭《あたま》をかかえて、ひたいを机《つくえ》に押《お》しつける。

（抜《ぬ》きうちテストって、日記《にっき》に書《か》いてあったことと同《おな》じだ。分数《ぶんすう》の割算《わりざん》のこともあたってる。こんなことって、あるの？）

巴《ともえ》は呆然《ぼうぜん》とした顔《かお》で、先生《せんせい》の持《も》っているテスト用紙《ようし》を見《み》つめた。


一時間目《じかんめ》が終《お》わると同時《どうじ》に、リエが巴《ともえ》に声《こえ》をかけた。

「ねぇ、これってどういうこと？」

リエは巴《ともえ》に顔《かお》を近《ちか》づけ、小声《こごえ》で言《い》う。

「日記《にっき》の内容《ないよう》と同《おな》じだよね。まさか、四人目《よにんめ》が未来《みらい》を予言《よげん》したとか」

「……………そうかもしれない。テストの内容《ないよう》まであてたんだから」

「やっぱり、そうだよね」

リエが笑顔《えがお》で巴《ともえ》の肩《かた》にふれた。

「巴《ともえ》、ありがとう」

「えっ？　ありがとうって？」

「巴《ともえ》が日記帳《にっきちょう》を見《み》つけてくれたから、こんなおもしろい体験《たいけん》ができたんだよ」

リエは好奇心《こうきしん》いっぱいの目《め》をきらきらさせている。

「でさ、四人目《よにんめ》をなんて呼《よ》ぼうか？」

「呼《よ》ぶって、名前《なまえ》をつけるってこと？」

「うん。四人目《よにんめ》って、ずっと呼《よ》ぶのもいまいちだしね。何《なに》か、いい名前《なまえ》ないかな？」

「……………それなら、四人目《よにんめ》だから、『しーちゃん』とか」

「あっ、それいいじゃん。良恵《よしえ》もそう思《おも》わない？」

リエがとなりにいた良恵《よしえ》に視線《しせん》を動《うご》かす。

良恵《よしえ》は少《すこ》し不満《ふまん》げな表情《ひょうじょう》をしている。

「……まあ、しーちゃんでいいんじゃないの」

「じゃあ、これから、四人目《よにんめ》のことは、しーちゃんって呼《よ》ぼうね」

「う、うんっ！」

巴《ともえ》は何度《なんど》も首《くび》をたてに振《ふ》った。


その日《ひ》から、四人目《よにんめ》のメンバーのしーちゃんの日記《にっき》が、いつの間《ま》にか日記帳《にっきちょう》に書《か》かれるようになった。

しーちゃんが書《か》いた日記《にっき》は、すべて現実《げんじつ》になった。三時間目《じかんめ》の授業《じゅぎょう》が自習《じしゅう》と書《か》いてあれば、自習《じしゅう》になり、午後《ごご》から雨《あめ》になると書《か》いてあれば、雨《あめ》が降《ふ》った。

そんな未来《みらい》を予言《よげん》する日記《にっき》が書《か》かれるたびに、リエは巴《ともえ》に話《はな》しかけてきた。

巴《ともえ》は前《まえ》よりリエと仲良《なかよ》くなれた気《き》がして、学校生活《がっこうせいかつ》が楽《たの》しくなっていった。

「ねえ、また、しーちゃんが日記《にっき》書《か》いてたよ」

朝《あさ》の教室《きょうしつ》で、リエが巴《ともえ》に日記帳《にっきちょう》を見《み》せた。

「今日《きょう》はリコーダーのテストがあるって」

「へーっ、じゃあ、練習《れんしゅう》しといたほうがいいかな」

「そうだね。今《いま》のうちに校庭《こうてい》でやろうか」

「うん。良恵《よしえ》はどうする？」

巴《ともえ》は、おしゃべりに入《はい》ってこない良恵《よしえ》に声《こえ》をかけた。

良恵《よしえ》はちらりと巴《ともえ》を見《み》て、閉《と》じていた唇《くちびる》を開《ひら》いた。

「私《わたし》はいいよ。行《い》かない」

「そ、そう。じゃあ、行《い》ってくるね」

ぎこちなく笑《わら》いながら、ランドセルからリコーダーをとりだす。

(最近《さいきん》、良恵《よしえ》と話《はな》せてないな。リエとは仲良《なかよ》くやってるから問題《もんだい》ないけど)

「巴《ともえ》ーっ、早《はや》く行《い》こうよ」

リエが教室《きょうしつ》の扉《とびら》の前《まえ》で、手招《てまね》きをした。

ところで、
皆んちは
ゲームもってる
音楽の
リコーダーを
でふいて
ョー

「あ、う、うん」

巴《ともえ》はリコーダーをにぎりしめて、リエにかけ寄《よ》った。

二時間目《じかんめ》の授業《じゅぎょう》は理科《りか》だった。

「今日《きょう》は火《ひ》を使《つか》う実験《じっけん》だから、注意《ちゅうい》するんだぞ！」

理科室《りかしつ》に先生《せんせい》の声《こえ》がひびく。

「じゃあ、ふたり一組《ひとくみ》になって、器具《きぐ》をとりにこい」

その言葉《ことば》に、巴《ともえ》とリエと良恵《よしえ》は顔《かお》を見《み》あわせた。

「…………ごめん、巴《ともえ》」

リエが胸元《むなもと》で両手《りょうて》を合《あ》わせる。

「私《わたし》、良恵《よしえ》と組《く》むね」

「あ、う、うん。わかった」

巴《ともえ》は笑顔《えがお》を作《つく》って、ふたりからはなれた。

（そうだよね。しーちゃんは現実《げんじつ》にいるわけじゃないもんね。結局《けっきょく》、私《わたし》たちは三人組《にんぐみ》のま

んまで、あぶれるのは、やっぱり私《わたし》ってことか）

周囲《しゅうい》の空気《くうき》が重《おも》くなり、体《からだ》がしめつけられているような感《かん》じがする。

（私《わたし》……………バカだ。なんで今《いま》まで気《き》づかなかったんだろう）

「おいっ、巴《ともえ》」

先生《せんせい》が、ぼんやりとしていた巴《ともえ》に声《こえ》をかけた。

「おまえ、まだ、ふたり一組《ひとくみ》になってないのか？」

「あ…………」

周囲《しゅうい》を見《み》まわすと、あぶれているクラスメイトはいなかった。

「あーっ、そうか。今日《きょう》は由美子《ゆみこ》が休《やす》みだったな。じゃあ、おまえはひとりでいいぞ」

「…………は、はい」

巴《ともえ》は暗《くら》い声《こえ》で返事《へんじ》をした。

周囲《しゅうい》にいるクラスメイトたちが、自分《じぶん》のことを笑《わら》っているような気《き》がして、巴《ともえ》は奥歯《おくば》を強《つよ》くかみしめた。

それから三日後《みっかご》の朝《あさ》、巴《ともえ》は教室《きょうしつ》に入《はい》ると、席《せき》に座《すわ》っていたリエにかけ寄《よ》った。

「おはよう、リエ」

「あっ、おはよう」

リエは笑顔《えがお》で巴《ともえ》にあいさつする。

「ねえ、巴《ともえ》。日記帳見《にっきちょうみ》せてよ」

「あっ、ごめん。昨日《きのう》、日記帳持《にっきちょうも》ってかえるの忘《わす》れてさ。机《つくえ》の中《なか》に入《い》れっぱなしになってるんだよ」

「そうなんだ。じゃあ、日記書《にっきか》いてないんだね」

「うん。でも、しーちゃんが書《か》いてるかもしれない」

そう言《い》って、巴《ともえ》は自分《じぶん》の机《つくえ》の中《なか》から日記帳《にっきちょう》をとりだし、リエに渡《わた》す。

「ありがとーっ！」

リエは日記帳《にっきちょう》をめくりはじめた。

「…………あっ、しーちゃんが日記書《にっきか》いてるよ」

「へーっ、どこ？」

「これこれ」

巴《ともえ》はリエが指《ゆび》さした日記《にっき》を読《よ》んだ。

『帰《かえ》りの会《かい》の時《とき》に、先生《せんせい》がオナラしちゃって、みんな大爆笑《だいばくしょう》だったね。それと、巴《ともえ》ちゃん、体育《たいいく》の時間《じかん》にころんでたけど大丈夫《だいじょうぶ》？　すごく痛《いた》そうにしてたから心配《しんぱい》だよ』

「えーっ、帰《かえ》りの会《かい》の時《とき》にオナラかぁ。まあ、先生《せんせい》らしいけどさ」

「うんうん。前《まえ》にも授業中《じゅぎょうちゅう》にしてたし」

「あったねえ。って、んっ？」

巴《ともえ》の眉《まゆ》が中央《ちゅうおう》に寄《よ》った。

「……………私《わたし》、ケガするって書《か》いてある…………」

「あーっ、ホントだ」

リエが首《くび》をかたむけて、巴《ともえ》の足元《あしもと》をのぞきこむ。

「今《いま》は平気《へいき》だよね？」

「……………うん。しーちゃんの日記《にっき》は未来《みらい》のことが書《か》いてあるから」

巴《ともえ》はもう一度《いちど》、日記《にっき》を読《よ》みなおす。

「あ、これ、変《へん》だよ」

「変《へん》？　どこが？」

「よく見《み》て。私《わたし》のことが書《か》いてある文字《もじ》が、いつものしーちゃんの字《じ》とちがう気《き》がする。

ほらっ、ここっ」

「そう言《い》われると、しーちゃんの文字《もじ》は丸《まる》っぽいのに、この字《じ》はちがう」

「なんでだろう？　五人目《にんめ》ってわけでもなさそうだし」

「おはようっ！　みんな、さっさと席《せき》につけ！」

先生《せんせい》の声《こえ》が聞《き》こえてきた。

巴《ともえ》はあわてて日記帳《にっきちょう》を机《つくえ》の中《なか》にしまった。


一時間目《じかんめ》は体育《たいいく》だった。

巴《ともえ》たちは体操服《たいそうふく》に着替《きが》えて、校庭《こうてい》に集《あつ》まる。

「よーし！　今日《きょう》は五十《ごじゅう》メートル走《そう》をやるからな」

先生《せんせい》の言葉《ことば》に巴《ともえ》の表情《ひょうじょう》がこわばる。

となりにいたリエが、巴《ともえ》の肩《かた》にふれる。

「気《き》をつけてね」

「……うん。注意《ちゅうい》して走《はし》るから」

そう言《い》って、巴《ともえ》は他《ほか》のクラスメイトたちといっしょにスタートラインにむかった。


「……よし！　次《つぎ》は、巴《ともえ》たちの組《くみ》だ」

先生《せんせい》が野太《のぶと》い声《こえ》で、巴《ともえ》たちを呼《よ》んだ。

巴《ともえ》は「はい」と返事《へんじ》をして、三人《にん》のクラスメイトとスタートラインに立《た》つ。

「よーい……ドンっ！」

巴《ともえ》はいきおいよく走《はし》りだした。手足《てあし》を動《うご》かし、ゴールにむかってかけ抜《ぬ》ける。

残《のこ》り三十《さんじゅう》メートル……二十《にじゅう》メートル……十《じゅう》メートル……。

その時《とき》、巴《ともえ》の左《ひだり》ひざががくりと折《お》れ、体《からだ》のバランスがくずれた。

巴《ともえ》は地面《じめん》に前《まえ》のめりに倒《たお》れる。

「巴《ともえ》っ！　大丈夫《だいじょうぶ》？」

リエが心配《しんぱい》そうな表情《ひょうじょう》で、巴《ともえ》にかけ寄《よ》ってきた。

「う…………うん」

巴《ともえ》は苦痛《くつう》に顔《かお》をゆがめて立《た》ちあがる。左脚《ひだりあし》のひざがすりむけていて、真《ま》っ赤《か》な血《ち》がにじんでいた。

「私《わたし》が保健室《ほけんしつ》につれていくよ」

「えっ？　いいの？」

「もちろんだよ。えんりょしないで」

「ありがとう、リエ」

巴《ともえ》は青白《あおじろ》い顔《かお》で、リエにお礼《れい》を言《い》った。

保健室《ほけんしつ》で処置《しょち》を終《お》えた巴《ともえ》は、リエといっしょにろうかを歩《ある》いていた。

「ひどいケガじゃなくてよかったね」

「…………うん」

巴《ともえ》は包帯《ほうたい》が巻《ま》かれた左脚《ひだりあし》にふれた。

「ねぇ、リエ。ちょっと気《き》になることがあるんだ」

「気《き》になること？」

「うん。しーちゃんの日記《にっき》のこと」

「あーっ、びっくりだよね。用心《ようじん》しても、ころんじゃうなんてさ」

「そのことじゃなくて、日記《にっき》の筆跡《ひっせき》のことだよ」

「あーっ、朝《あさ》にしーちゃんの字《じ》とちがうって言《い》ってたね」

「そう。あれ、良恵《よしえ》の字《じ》に似《に》てなかった？」

「え………」

リエはびっくりして目《め》を見開《みひら》く。

「ちょ、ちょっと待《ま》って！　良恵《よしえ》があれを書《か》いて、それが現実《げんじつ》になったってこと？」

「そうかもしれない」

巴《ともえ》は真剣《しんけん》な表情《ひょうじょう》でうなずく。

「しーちゃんが未来《みらい》を予言《よげん》してるんじゃなくて、あの日記帳《にっきちょう》に書《か》いたことが現実《げんじつ》になるのかも」

「それじゃあ、良恵《よしえ》はそのことに気《き》づいて、未来《みらい》の日記《にっき》を書《か》いたっていうの？」

「…………でも、そんなことあるはずないよね。もし、そうなら、良恵《よしえ》が私《わたし》にケガさせたってことになるし」

巴《ともえ》の言葉《ことば》に、リエの表情《ひょうじょう》がこわばった。


教室《きょうしつ》の扉《とびら》を開《あ》けると、良恵《よしえ》が日記帳《にっきちょう》を持《も》って、窓際《まどぎわ》に立《た》っていた。

「良恵《よしえ》…………」

巴《ともえ》は左脚《ひだりあし》を引《ひ》きずりながら、良恵《よしえ》に近《ちか》づく。

「どうして、良恵《よしえ》が教室《きょうしつ》にいるの？　まだ、体育《たいいく》の授業《じゅぎょう》終《お》わってないよね？」

「私《わたし》も巴《ともえ》が心配《しんぱい》だったから、先《さき》に戻《もど》らせてもらったの」

良恵《よしえ》は視線《しせん》を巴《ともえ》の左脚《ひだりあし》にむける。

「で、ケガは大丈夫《だいじょうぶ》だった？」

「うん。それよりも、その日記帳《にっきちょう》…………」

「あ、巴《ともえ》たちが戻《もど》ってくるまでひまだったから、読《よ》もうと思《おも》って」

「そう…………」

「ねえ、良恵《よしえ》」

リエが良恵《よしえ》に声《こえ》をかけた。

「ちょっと、聞《き》きたいことがあるの」

「聞《き》きたいこと？」

「うん。体育《たいいく》の時間《じかん》に巴《ともえ》がころぶような日記《にっき》を書《か》いた？」

「はぁ？　なんのこと？」

「その日記帳《にっきちょう》を見《み》てよ。そしたらわかるから」

良恵《よしえ》は日記帳《にっきちょう》を開《ひら》いて、読《よ》みはじめた。その顔《かお》が青《あお》ざめていく。

「…………こ、これ」

「そこだけ、しーちゃんの字《じ》とちがうんだよ。これ、良恵《よしえ》の字《じ》だよね？　ちょっと強《つよ》めの筆圧《ひつあつ》で、とめとはねがしっかりしてるし」

「ちっ、ちがう！　私《わたし》、こんなの書《か》いてないよ！」

日記帳《にっきちょう》を持《も》つ良恵《よしえ》の手《て》がぶるぶると震《ふる》えた。

「でも、それ、良恵《よしえ》の字《じ》にそっくりだよ。私《わたし》や巴《ともえ》の字《じ》でもないし、しーちゃんの字《じ》ともちがう。それに、最近《さいきん》、良恵《よしえ》変《へん》だったし」

「私《わたし》が変《へん》？」

「前《まえ》より、巴《ともえ》と話《はな》さなくなってたよね？」

「それは………」

良恵《よしえ》はちらりと巴《ともえ》を見《み》た。

「………リエと巴《ともえ》が仲良《なかよ》くしてるのがイヤだったの。いつも、しーちゃんのことで盛《も》りあがって………それでムカついて………」

「だから、こんなこと書《か》いたんだ？」

巴《ともえ》は暗《くら》い声《こえ》で言《い》った。

「友《とも》だちだと思《おも》ってたのに………」

「ほっ、ほんとにちがうの。こんなの私《わたし》、絶対《ぜったい》に書《か》いてない」

「もう、いいよ！」

リエは良恵《よしえ》から日記帳《にっきちょう》を奪《うば》いとった。

「私《わたし》たちに話《はな》しかけないで。行《い》こう、巴《ともえ》」

巴《ともえ》の手《て》をとって、リエは歩《ある》きだす。

「リエ………待《ま》って」

良恵《よしえ》の声《こえ》が背後《はいご》から聞《き》こえたが、リエの足《あし》はとまらなかった。


四階《かい》にある空《あ》き教室《きょうしつ》で、リエは巴《ともえ》に日記帳《にっきちょう》を渡《わた》した。

「ごめんね、巴《ともえ》」

「………どうして、リエがあやまるの？」

巴《ともえ》は驚《おどろ》いた顔《かお》で、リエに質問《しつもん》した。

「私《わたし》がころぶって日記《にっき》を書《か》いたのは、リエじゃなくて良恵《よしえ》なのに」

「最近《さいきん》、私《わたし》が巴《ともえ》とばかり話《はな》していたせいもあるから………」

リエは一瞬《いっしゅん》、強《つよ》く唇《くちびる》をかんだ。

「………良恵《よしえ》は友《とも》だちだけど、今回《こんかい》のことはゆるせないよ。巴《ともえ》だって同《おな》じグループで友《とも》だちなのに」

「私《わたし》もあの字《じ》を見《み》て、ショックだったよ。良恵《よしえ》の文字《もじ》にしか見《み》えなかったから」

「それなのに、まだ、ウソつこうとしてたし」

「認《みと》めたくないのかもしれない」

「それなら、こっちだって考《かんが》えがあるよ」

リエは巴《ともえ》の肩《かた》を両手《りょうて》でつかんだ。

「良恵《よしえ》がちゃんとあやまるまで、話《はな》さないようにしようよ！　そうしないと、良恵《よしえ》も反省《はんせい》しないと思《おも》うから」

「…………そうだね。そのほうがいいのかもしれない」

巴《ともえ》は暗《くら》い声《こえ》をだして、視線《しせん》を床《ゆか》に落《お》とした。

（やった！）

巴《ともえ》の唇《くちびる》の両《りょう》はしが、きゅっと吊《つ》りあがった。

（これで三人《にん》グループじゃなくなったよ）

巴《ともえ》は笑《え》みの形《かたち》をした唇《くちびる》を右手《みぎて》でかくす。

（良恵《よしえ》の字《じ》を真似《まね》るのは苦労《くろう》したなぁ。わざところんでケガしたのも、すごく痛《いた》かった。

でも、それでリエが同情《どうじょう》してくれたし、作戦大成功《さくせんだいせいこう》だよ）

笑《わら》い声《ごえ》がもれそうになり、必死《ひっし》に唇《くちびる》を強《つよ》くかむ。

（なんで気《き》づかなかったんだろう。ひとり増《ふ》やすんじゃなくて、ひとり減《へ》らしちゃえばよかったことに）

「どうしたの？　巴《ともえ》」

リエが心配《しんぱい》そうに巴《ともえ》の顔《かお》をのぞきこむ。

「もしかして、脚《あし》が痛《いた》いの？」

「…………うん。ちょっと気分《きぶん》が悪《わる》くなって」

「そうだよね。同《おな》じグループの良恵《よしえ》があんなことしたんだもん。気持《きも》ちわかるよ」

リエは巴《ともえ》の肩《かた》に手《て》をまわした。

「もう一度《いちど》、保健室《ほけんしつ》に行《い》く？」

「いっしょに行《い》ってくれる？」

「もちろんだよ。私《わたし》と巴《ともえ》は友《とも》だちなんだから」

「…………ありがとう、リエ」

巴《ともえ》はさびしげな表情《ひょうじょう》を作《つく》って、リエにお礼《れい》を言《い》った。

放課後《ほうかご》、巴《ともえ》は日直《にっちょく》の仕事《しごと》で職員室《しょくいんしつ》に行《い》っているリエを教室《きょうしつ》で待《ま》っていた。すでにクラスメイトたちの姿《すがた》はなく、教室《きょうしつ》にいるのは巴《ともえ》だけだった。

かたむいた太陽《たいよう》が教室《きょうしつ》をオレンジ色《いろ》に染《そ》めている。

「リエ、早《はや》く戻《もど》ってこないかなー」

(それまで、日記《にっき》でも読《よ》んでるか)

巴《ともえ》は机《つくえ》のひきだしから日記帳《にっきちょう》をとりだした。ぱらぱらとページをめくっていると、うしろのほうに見《み》たことのない日記《にっき》が書《か》いてあった。

「あれ？　また、しーちゃんが新《あたら》しい日記《にっき》を書《か》いたのかな」

巴《ともえ》は日記《にっき》を読《よ》みはじめた。

『あの子《こ》たちは、今日《きょう》も私《わたし》を仲間《なかま》はずれにする。私《わたし》はあまり者《もの》らしい』

「んっ？　何《なに》これ？　予言《よげん》じゃないよね」

『あんなくだらない子《こ》たちと友《とも》だちだったなんて、心底《しんそこ》はずかしい　二〇〇×年《ねん》、十月五《じゅうがついつ》日《か》』

「二〇〇×年《ねん》？　十年以上前《じゅうねんいじょうまえ》の日付《ひづけ》じゃん」

（もしかして、これ………しーちゃんの過去《かこ》の日記《にっき》？）

巴《ともえ》はつづきを読《よ》んだ。

『学校《がっこう》に行《い》こうとすると、はき気《け》がするようになった。××たちのせいだ』

『黒板《こくばん》の落書《らくが》きを私《わたし》が書《か》いたと、××にウソをつかれた。私《わたし》の筆跡《ひっせき》を真似《まね》て、××が落書《らくが》きしたんだ。そのせいで、私《わたし》が先生《せんせい》にしかられた。ゆるせない』

『日記《にっき》に「××は死《し》ぬ」と書《か》いた。明日《あした》、私《わたし》は××を予言《よげん》どおりに殺《ころ》そう。そして、自分《じぶん》も死《し》のう』

「なんなの………これ？」

巴《ともえ》の背筋《せすじ》がぞくりと震《ふる》えた。

（もしかして、この日記帳《にっきちょう》はしーちゃんのものだった？　そして、しーちゃんは日記《にっき》に書《か》いたことを実行《じっこう》して………死《し》んだ？）

口《くち》の中《なか》がからからにかわき、日記帳《にっきちょう》を持《も》つ手《て》が、じっとりと汗《あせ》ばむ。

（もう、交換日記《こうかんにっき》はやめよう。私《わたし》とリエだけになったんだから、日記《にっき》なんて必要《ひつよう》ないし）

巴《ともえ》は日記帳《にっきちょう》を閉《と》じた。

その時《とき》、汗《あせ》で手《て》がすべって、日記帳《にっきちょう》が床《ゆか》に落《お》ちた。ぱらりとページがめくれる。そこに描《か》かれていた女《おんな》の子《こ》の絵《え》を見《み》て、巴《ともえ》の目《め》が大《おお》きく開《ひら》かれた。

絵《え》の女《おんな》の子《こ》は頭《あたま》から血《ち》を流《なが》していた。ノースリーブのパーカに、ショートパンツをはいていて、左脚《ひだりあし》には包帯《ほうたい》が巻《ま》かれている。

「これ……わ、私《わたし》？」

巴《ともえ》は自分《じぶん》が着《き》ているノースリーブのパーカにふれる。

（絵《え》に描《か》かれてる女《おんな》の子《こ》の服《ふく》と私《わたし》の服《ふく》、同《おな》じだ。それに、左脚《ひだりあし》の包帯《ほうたい》も……）

「まさか、これもしーちゃんの予言《よげん》……」

巴《ともえ》の顔《かお》から血《ち》の気《け》が引《ひ》いた。

（この日記帳《にっきちょう》に書《か》かれていたことは、全部現実《ぜんぶげんじつ》になった。つまり、この絵《え》みたいに、私《わたし》も頭《あたま》から血《ち》を流《なが》して……死《し》……）

「冗談《じょうだん》じゃないっ！」

巴《ともえ》は自分《じぶん》の絵《え》が描《か》かれているページを破《やぶ》りとった。それを両手《りょうて》でビリビリと細《こま》かくちぎっていく。

「こんな予言《よげん》、なかったことにしてやる！」

細《こま》かくなった紙切《かみき》れが床《ゆか》に落《お》ちる。

「ははっ、これでどうだ！」

巴《ともえ》は勝《か》ちほこった顔《かお》で笑《わら》った。

「こうすれば、予言《よげん》はなくなるはず…………」

突然《とつぜん》、背後《はいご》から頭《あたま》にひびく甲高《かんだか》い音《おと》が聞《き》こえた。

ギ…………ギギギッ…………。

巴《ともえ》の体《からだ》がびくりと動《うご》く。

(何《なに》…………この音《おと》？)

ギ…………ギギッ…………ギギギギ…………。

(誰《だれ》かが、黒板《こくばん》にチョークで何《なに》か書《か》いている？　でも、私以外《わたしいがい》、教室《きょうしつ》には誰《だれ》もいないはずなのに)

ロボットのようなぎこちない動《うご》きで、巴《ともえ》は振《ふ》り返《かえ》った。

さっきまで何《なに》も書《か》かれていなかった黒板《こくばん》に、日記帳《にっきちょう》の絵《え》と同《おな》じものが描《か》かれていた。

「あ…………」

ひたいから、冷《つめ》たい汗《あせ》が流《なが》れ落《お》ちる。

(しーちゃんが黒板《こくばん》に予言《よげん》の絵《え》を描《か》いた？)

両脚《りょうあし》ががたがたと震《ふる》えだし、恐怖《きょうふ》で歯《は》が鳴《な》った。

「こっ…………この絵《え》も消《け》さないと」

巴《ともえ》は黒板《こくばん》にかけ寄《よ》り、黒板消《こくばんけ》しで絵《え》を消《け》しはじめた。

(こんな予言《よげん》、絶対《ぜったい》に認《みと》められないっ！　とにかく、全部消《ぜんぶけ》すんだ)

その時《とき》、ドアが開《ひら》き、良恵《よしえ》が教室《きょうしつ》に入《はい》ってきた。

「よ、良恵《よしえ》…………」

巴《ともえ》の体《からだ》が一瞬《いっしゅん》で冷《ひ》える。

(どうして、良恵《よしえ》が？　もう帰《かえ》ったと思《おも》ったのに…………)

良恵《よしえ》は両手《りょうて》をうしろにまわしていた。その表情《ひょうじょう》は暗《くら》く、唇《くちびる》を真一文字《まいちもんじ》に結《むす》んでいる。

（な、何《なに》か手《て》に持《も》ってる？）

巴《ともえ》は日記帳《にっきちょう》と黒板《こくばん》に描《か》いてあった絵《え》のことを思《おも》いだす。

（まさか、私《わたし》が良恵《よしえ》の筆跡《ひっせき》を真似《まね》て日記《にっき》を書《か》いたことがバレた？　それで、私《わたし》を殺《ころ》すつもりなんじゃ……………）

「ひ、ひっ！」

短《みじか》い悲鳴《ひめい》をあげて、巴《ともえ》は逃《に》げだした。前《まえ》の扉《とびら》から教室《きょうしつ》をでて、無人《むじん》のろうかを全速力《ぜんそくりょく》で走《はし》り抜《ぬ》ける。ちらりと背後《はいご》を振《ふ》り返《かえ》ると、良恵《よしえ》が自分《じぶん》を追《お》ってきているのが見《み》えた。

（やっぱり、私《わたし》がやったことがバレてるんだ！）

巴《ともえ》はスピードを落《お》とさずにろうかの角《かど》を曲《ま》がる。そして、目《め》の前《まえ》の階段《かいだん》をかけおりようとした時《とき》、足《あし》がもつれた。

「あっ！」

巴《ともえ》は体《からだ》のバランスをくずして、頭《あたま》から階段《かいだん》をころげおちた。

大《おお》きな音《おと》がして、頭《あたま》に強《つよ》い衝撃《しょうげき》を感《かん》じた。

「あ………がっ…………」

巴《ともえ》は自分《じぶん》が階段《かいだん》の踊《おど》り場《ば》であおむけに倒《たお》れていることに気《き》づいた。後頭部《こうとうぶ》から、血《ち》が流《なが》れだし、踊《おど》り場《ば》が赤《あか》く染《そ》まっていく。

（これ…………あの絵《え》と同《おな》じ…………）

「巴《ともえ》っ！」

良恵《よしえ》が驚《おどろ》いた顔《かお》で階段《かいだん》をかけおりてきた。

「そんな……どうして、こんなことに…………」

良恵《よしえ》は手《て》に紙《かみ》を持《も》っていた。それは巴《ともえ》にあてた手紙《てがみ》のようだった。

巴《ともえ》の瞳《ひとみ》に手紙《てがみ》の文字《もじ》が映《うつ》った。

『ごめんなさい、巴《ともえ》。巴《ともえ》とリエが仲良《なかよ》くするのはいいことだったのに…………』

（…………そ、そっか。良恵《よしえ》は私《わたし》にあやまろうとしてたんだ。それなのに、私《わたし》が誤解《ごかい》して）

巴《ともえ》の視界《しかい》が真《ま》っ白《しろ》になり、その意識《いしき》も永遠《えいえん》に失《うしな》われた。

エピローグ

七十九時間目《じかんめ》の授業《じゅぎょう》を終《お》わります。

グループの交換日記《こうかんにっき》に現《あらわ》れた四人目《よにんめ》の人物《じんぶつ》、しーちゃん。

しーちゃんの書《か》いた日記《にっき》は、未来《みらい》の出来事《できごと》を予言《よげん》していました。

彼女《かのじょ》の書《か》いた日記《にっき》のとおりに、算数《さんすう》の抜《ぬ》きうちテストがあり、自習《じしゅう》の時間《じかん》や天気《てんき》まであてたのです。

そんな、しーちゃんと仲良《なかよ》く交換日記《こうかんにっき》をしていた少女《しょうじょ》たちでしたが、ひとりの少女《しょうじょ》のおろかな行為《こうい》が惨劇《さんげき》を引《ひ》きおこしてしまいました。

少女《しょうじょ》は、しーちゃんの日記《にっき》を自分勝手《じぶんかって》に利用《りよう》して、グループの友《とも》だちを罠《わな》にはめたのです。

その行動《こうどう》が、しーちゃんの怒《いか》りを買《か》ってしまったのでしょう。

少女《しょうじょ》は階段《かいだん》からころげおちて、命《いのち》を失《うしな》ってしまいました。

しーちゃんが描《か》いた絵《え》と同《おな》じように………。

少女《しょうじょ》が、グループの友《とも》だちを大切《たいせつ》に想《おも》っていたのなら、こんなことにはならなかったでしょうね。

未来《みらい》の出来事《できごと》を予言《よげん》するしーちゃんの日記《にっき》。

あなたも読《よ》みたいと思《おも》いませんか？

もし、読《よ》みたいのなら、学校《がっこう》の中《なか》をさがしてみましょう。

真《ま》っ赤《か》な表紙《ひょうし》の日記帳《にっきちょう》が見《み》つかるかもしれません。

絶叫学級《ぜっきょうがっきゅう》

80時間目《じかんめ》

プリント・コレクション

プロローグ

こんにちは。

さあ、恐怖《きょうふ》の授業《じゅぎょう》を始《はじ》めましょう。

皆《みな》さんは、友《とも》だちと写真《しゃしん》を撮《と》ることがありますか？

今《いま》はスマートフォンや携帯電話《けいたいでんわ》で、かんたんに写真《しゃしん》を撮《と》ることができます。

いい写真《しゃしん》が撮《と》れたら、印刷《いんさつ》して手元《てもと》に持《も》っておきたいですよね。

それなら、ゲームセンターなどにある『プリ』はどうでしょうか。

プリはかわいくアレンジして、シールにすることができます。

友《とも》だちといっしょに撮《と》るのも楽《たの》しいし、そのシールを持《も》ち物《もの》にはるのもいいですね。

それをきっかけにおしゃべりが盛《も》りあがるかも。

今回《こんかい》の物語《ものがたり》に登場《とうじょう》する少女《しょうじょ》も、よく友《とも》だちとプリを撮《と》っているようです。
でも、あまり楽《たの》しくないみたい。
その理由《りゆう》は何《なに》か？
気《き》になったら、ページをめくってみてください。

二年《ねん》E《イー》組《ぐみ》の教室《きょうしつ》で、宮原《みやはら》ヒカルは机《つくえ》の上《うえ》にプリで撮《と》った写真《しゃしん》を並《なら》べた。

「これが、昨日《きのう》、花南《かなん》と撮《と》ったやつだよ」

「うわーっ、見《み》せて見《み》せて」

友《とも》だちの理子《りこ》が写真《しゃしん》を手《て》にとる。

「…………ちょ、何《なに》これ？」

「えっ、何《なに》って？」

「これだよ」

理子《りこ》は、目《め》を細《ほそ》くしてピースサインをしているヒカルの写真《しゃしん》を指《ゆび》さす。

「完全《かんぜん》に変顔《へんがお》で笑《わら》いをとりにいってるよね」

「あーっ、そのほうがおもしろいと思《おも》って」

「いやぁー、たしかにおもしろいけど、私《わたし》たち、もう中二《ちゅう》なんだよ。もっとかわいい感《かん》じで写《うつ》ろうよ」

「かわいい感《かん》じ………ねぇ」

ヒカルはショートカットの髪《かみ》にふれる。

（そりゃあ、かわいくプリが撮《と》れるなら、私《わたし》だって、そうするよ。でも、私《わたし》の顔《かお》って地味《じみ》だからな。目《め》も大《おお》きいわけじゃないし、鼻《はな》だって低《ひく》いし………）

「それにくらべて、花南《かなん》はすごくかわいく撮《と》れてるよ」

理子《りこ》が、ヒカルのとなりに写《うつ》っている花南《かなん》の写真《しゃしん》を見《み》る。

「色白《いろじろ》で小顔《こがお》だし、目《め》もぱっちりしてて、アイドルみたい」

「それは、花南《かなん》が元《もと》からかわいいからだよ」

ヒカルはとなりの席《せき》に座《すわ》っていた花南《かなん》に視線《しせん》をむける。

「花南《かなん》はうちのクラスで一番美人《いちばんびじん》だし、男子《だんし》の人気《にんき》も高《たか》いから」

「そんなことないよ」

花南《かなん》が整《ととの》ったうすい唇《くちびる》を開《ひら》いた。

「私《わたし》はふつうだと思《おも》うし、人気《にんき》もないって」

「また、そんなこと言《い》って」

ヒカルは眉《まゆ》を中央《ちゅうおう》に寄《よ》せる。

「花南《かなん》がふつうなわけないじゃん。昨日《きのう》、プリ撮《と》ってる時《とき》も、他《ほか》の中学《ちゅうがく》の男子《だんし》から声《こえ》かけられてたしさ」

「そ、それは…………」

花南《かなん》ははずかしそうに視線《しせん》を落《お》とした。

「まあ、たしかに花南《かなん》は顔《かお》もスタイルもいいからなぁ」

理子《りこ》がうんうんとうなずく。

「もう、本気《ほんき》でアイドル目指《めざ》したら？」

「えーっ、そんなの絶対無理《ぜったいむり》だって」

「いやいや。無理《むり》じゃないよ。テレビにでてるアイドルより、花南《かなん》のほうがかわいいって思《おも》う時《とき》あるもん」

「そんなことないから」

（いや、花南《かなん》なら、スカウトされてテレビにでてておかしくないな）

ヒカルは花南《かなん》の姿《すがた》をぼんやりとながめる。

花南《かなん》はきゃしゃで、制服《せいふく》のスカートからのぞく脚《あし》も細《ほそ》くて長《なが》い。

（このクラスになって、席《せき》がたまたまとなりで仲良《なかよ》くなったけど、完全《かんぜん》に私《わたし》って、花南《かなん》の引《ひ》きたて役《やく》だよね。だから、昨日《きのう》プリ撮《と》った時《とき》も変顔《へんがお》したんだし）

ヒカルは花南《かなん》といっしょに撮《と》ったプリを手《て》にとる。

（かわいいポーズきめてプリなんか撮《と》っても、自分《じぶん》がみじめになるだけだよ。どうせ、何《なに》やっても花南《かなん》のほうが美人《びじん》なんだから）

「そういえば、ヒカルはふしぎなプリがあるの知《し》ってる？」

理子《りこ》の質問《しつもん》に、ヒカルは首《くび》をかしげた。

「ううん。知《し》らないよ。何《なに》それ？」

「駅前《えきまえ》のゲーセンにあるプリらしいんだけど、かくしフレームっていうのがあって、それで撮《と》ると美人《びじん》になれるんだって」

「美人《びじん》って、目《め》を大《おお》きくしたり、肌《はだ》をきれいにするやつ？　それって、よくある機能《きのう》だと思《おも》うけど」

「いや、それがさー、そのプリは加工《かこう》した写真《しゃしん》と同《おな》じように、現実《げんじつ》でも美人《びじん》になれちゃうんだって」

「…………はぁ？」

ヒカルは、ぱちぱちとまぶたを動《うご》かした。

「そんなことあるわけないよ。もし、あるんなら…………」

「やってみたいよね」

理子《りこ》がにやりと笑《わら》った。

「だって、美人《びじん》になったらモテまくりだし、アイドルになって、好《す》きな芸能人《げいのうじん》とつきあえるかもよ」

「アイドルは恋愛禁止《れんあいきんし》じゃないの？」

「それでも、みんなにかわいいって言《い》われるだけでもうれしいじゃん」

「それは…………そうだけど…………」

ヒカルはほおづえをついた。

(花南《かなん》みたいにかわいくなれたら、人生《じんせい》変《か》わるのかもしれない。でも、そんなプリなんて、あるわけないし)

その時《とき》、教室《きょうしつ》の扉《とびら》が開《ひら》いて、担任《たんにん》の北山先生《きたやませんせい》が入《はい》ってきた。

クラスメイトたちは、あわてて自分《じぶん》の席《せき》についた。

ヒカルは机《つくえ》の上《うえ》に並《なら》べていたプリを片《かた》づけはじめた。変顔《へんがお》をして写《うつ》っている自分《じぶん》の写真《しゃしん》が目《め》に入《はい》る。

(美人《びじん》になれるプリか……。本当《ほんとう》にそんなのがあったら、変顔《へんがお》なんてしなくてもよくなるのになぁ)

ヒカルは持《も》っていた写真《しゃしん》をくしゃくしゃにした。

放課後《ほうかご》、ヒカルは駅前《えきまえ》のゲームセンターに来《き》ていた。ゲームセンターにはたくさんの客《きゃく》がいて、格闘《かくとう》ゲームやシューティングゲーム、太鼓《たいこ》をたたくゲームで遊《あそ》んでいる。アイドルグループの曲《きょく》がゲームの音《おと》にまじって聞《き》こえてくる。

(やっぱり、駅前《えきまえ》のゲーセンは人《ひと》が多《おお》いな)

高校生《こうこうせい》カップルの横《よこ》を抜《ぬ》け、ヒカルは奥《おく》に進《すす》んでいく。

(理子《りこ》の話《はなし》なんて、信《しん》じたわけじゃないけど………)

プリ機《き》がずらりと並《なら》んだコーナーで足《あし》をとめる。箱型《はこがた》の機械《きかい》の上《うえ》には、ピンク色《いろ》のかわいい文字《もじ》が書《か》かれていて、入《い》り口《ぐち》には紫色《むらさきいろ》の布《ぬの》がかけられている。

「うーん、どれも、ふつうのプリに見《み》えるなぁー」

そうつぶやきながら、ためしに一番奥《いちばんおく》のプリ機《き》の中《なか》に入《はい》ってみる。プリ機《き》の中《なか》は一畳《じょう》ほどの広《ひろ》さで、壁《かべ》いっぱいにアイドルのポスターがはってあった。

「たしか、かくしフレームがあるんだよね」

ヒカルはプリ機《き》にお金《かね》を入《い》れて、画面《がめん》に顔《かお》を近《ちか》づける。

「えーと………フレームを選《えら》んで………」

ハートマークや星《ほし》のマーク、花《はな》や水玉模様《みずたまもよう》など、いろんなフレームが画面《がめん》に表示《ひょうじ》されている。

「………どれも、前《まえ》に使《つか》ったことがあるフレームじゃん」

画面《がめん》のいろんなボタンを押《お》してみたが、かくしフレームはでてこない。

「あーっ、やっぱりウソじゃん！　お金無駄《かねむだ》にしたーっ！」

ヒカルはうなるような声《こえ》をだして、プリ機《き》の画面《がめん》をにらみつける。

「わざわざ、こんなところまで来《き》て、バカみたい」

一気《いっき》に疲《つか》れを感《かん》じて、その場《ば》にしゃがみこんだ。


適当《てきとう》に写真《しゃしん》を撮《と》ったあと、ヒカルはプリ機《き》をでた。

（ほんと最悪《さいあく》。なんの意味《いみ》もないプリ撮《と》ってさ。こんなことにお金使《かねつか》うんなら、クレープでも買《か》えばよかった）

その時《とき》、十数《じゅうすう》メートル先《さき》に花南《かなん》がいることに気《き》づいた。花南《かなん》のそばには、数人《すうにん》のクラスメイトの姿《すがた》もある。

（やばい。ひとりでプリ撮《と》ってるところなんて見《み》られたら、何言《なにい》われるかわかんない）

ヒカルは一番近《いちばんちか》くのプリ機《き》の中《なか》にかくれた。

花南《かなん》たちはプリ機《き》の前《まえ》で写真《しゃしん》を見《み》せあっている。彼女《かのじょ》たちの会話《かいわ》が聞《き》こえてきた。

「いやぁー、やっぱ花南《かなん》のとなりで写《うつ》るのは勇気《ゆうき》がいるよ」

「もう、何《なに》言《い》ってるの、サオリ」

花南《かなん》がサオリの肩《かた》を軽《かる》くたたく。サオリは花南《かなん》と同《おな》じ軽音楽部《けいおんがくぶ》に入《はい》っていて、スタイルがいい。髪《かみ》をツインテールにしていて、いつもうっすらとメイクをしている。

わざとらしくため息《いき》をつくサオリを見《み》て、花南《かなん》は苦笑《くしょう》した。

「サオリのほうが私《わたし》よりかわいいと思《おも》うけど」

「いやいや。それはないから」

サオリは首《くび》を左右《さゆう》に振《ふ》って、肩《かた》をすくめる。

「まあ、ヒカルみたいな地味顔《じみがお》よりは、私《わたし》のほうがましだと思《おも》うけどね」

その言葉《ことば》に、サオリの友《とも》だちの亜美《あみ》が笑《わら》いだした。亜美《あみ》も軽音楽部《けいおんがくぶ》に入《はい》っていて、整《ととの》った顔《かお》だちをしている。

「うわーっ、サオリひどーい」

「だって、ヒカルの変顔《へんがお》プリ見《み》たでしょ？　あれって、花南《かなん》と比較《ひかく》されないようにしてたんだよ」

「あーっ、なるほどね。それで変顔《へんがお》だったのか」

「それなら、私《わたし》もヒカルといっしょにプリ撮《と》ろうかな。きっと、引《ひ》きたて役《やく》になってくれるだろうし」

クラスメイトたちの会話《かいわ》に、ヒカルの顔《かお》から表情《ひょうじょう》が消《き》えた。

「よかったね、花南《かなん》は。かわいく生《う》まれてきてさ」

サオリの言葉《ことば》に、花南《かなん》は唇《くちびる》を真《ま》っ直《す》ぐに引《ひ》きむすんだ。

そして、数秒後《すうびょうご》、その唇《くちびる》が開《ひら》く。

「……………そうだね」

花南《かなん》たちは、ヒカルがかくれていたプリ機《き》の前《まえ》を通《とお》りすぎ、笑《わら》いながらゲームセンターからでていった。


ヒカルの手《て》からカバンがすべりおち、周囲《しゅうい》の景色《けしき》が涙《なみだ》でぼやけた。

「…………ひどいよ。なんでこんなこと言《い》われなきゃいけないの？」

涙《なみだ》がほおを伝《つた》う。

「地味《じみ》なのが悪《わる》いの？　目《め》が小《ちい》さいのがいけないの？　二重《ふたえ》まぶたじゃないのがダメな

の？」

ヒカルの疑問《ぎもん》に答《こた》える者《もの》はいない。

(これからも、私《わたし》は誰《だれ》かの引《ひ》きたて役《やく》として、生《い》きていくしかないんだ………)

その時《とき》、プリ機《き》から女《おんな》の声《こえ》が聞《き》こえてきた。

『フレームを選択《せんたく》してね』

「え………？」

ヒカルは視線《しせん》をプリ機《き》の画面《がめん》にむける。そこには見《み》たこともない虹色《にじいろ》のフレームが表示《ひょうじ》されていた。フレームはうねうねとまるで生《い》き物《もの》のように動《うご》いている。

「あれ？　お金《かね》入《い》れてないのに？　それに、こんなフレームなかったはず………」

(まさか、これがウワサの………)

ヒカルのノドが大《おお》きく波打《なみう》った。

(もし、美人《びじん》になれるのなら、花南《かなん》たちを見返《みかえ》すことができる。もう、引《ひ》きたて役《やく》って笑《わら》われることもなくなるんだ)

ヒカルは奥歯《おくば》を強《つよ》くかんで、『決定《けってい》』と書《か》かれたボタンを押《お》した。

女《おんな》の声《こえ》で、カウントダウンが始《はじ》まる。

『……三……二……一……』

レンズが動《うご》き、カシャリと小《ちい》さな音《おと》がした。

数分後《すうふんご》、とりだし口《ぐち》から写真《しゃしん》がでてきた。

それを手《て》にとったヒカルの目《め》が大《おお》きく開《ひら》かれた。

「……えっ？」

写真《しゃしん》に写《うつ》っているヒカルの目《め》が大《おお》きくなっていたのだ。くっきりとした二重《ふたえ》まぶたになっていて、フェイスラインはすっきりしている。

「これが……私《わたし》？　あ……」

ヒカルはカバンから手鏡《てかがみ》をとりだし、自分《じぶん》の顔《かお》を確認《かくにん》する。

そこには、写真《しゃしん》と同《おな》じように目《め》が大《おお》きくなり、二重《ふたえ》まぶたになった自分《じぶん》が映《うつ》っていた。

「こんなことって……」

美《うつく》しくなった自分《じぶん》の顔《かお》を、ヒカルは長《なが》い間《あいだ》見《み》つめつづけた。

次《つぎ》の日《ひ》の朝《あさ》、校舎《こうしゃ》の前《まえ》で、ヒカルは理子《りこ》から声《こえ》をかけられた。

「おはよーっ、ヒカル」

背後《はいご》からかけ寄《よ》った理子《りこ》がヒカルの顔《かお》をのぞきこむ。

「え………?」

理子《りこ》の目《め》が丸《まる》くなった。

「ヒカル………だよね?」

「うん。どうかしたの?」

ヒカルは首《くび》をわずかにかたむけた。

「すごく驚《おどろ》いた顔《かお》してるけど」

「い、いや、あんたの顔《かお》が………」

理子《りこ》はまじまじとヒカルの顔《かお》を見《み》つめる。

「やっぱり、顔《かお》がちがうよ。目《め》が大《おお》きくなってるし、二重《ふたえ》になってる。昨日《きのう》までは、一重《ひとえ》だったよね?」

「い、いや。朝起《あさお》きたら、二重《ふたえ》になっててさ」

「えーっ？　そんなことってあるの？」

「いや、私《わたし》もよくわからなくて………」

ヒカルのほおがぴくりと動《うご》いた。

（やっぱり、顔《かお》が変《か》わっていることに気《き》づかれたか。まあ、お母《かあ》さんとお父《とう》さんも驚《おどろ》いてたしな）

「………へ、変《へん》かな？」

ヒカルの質問《しつもん》に、理子《りこ》は首《くび》を左右《さゆう》に振《ふ》った。

「ううん。かわいくなったよ」

「……本当《ほんとう》に？」

「うんっ！　肌《はだ》もきれいになってるし、髪《かみ》もさらさらじゃん。どうして、一日《にち》でこんなに変《か》われるの？」

「いや、だから、私《わたし》もわかんないよ」

ヒカルはぎこちなく笑《わら》った。

（あのプリ機《き》のことは話《はな》さないほうがいいや。どうせ、誰《だれ》も信《しん》じてくれないと思《おも》うし）

その時《とき》、周囲《しゅうい》にいた別《べつ》のクラスの生徒《せいと》たちの声《こえ》がヒカルの耳《みみ》に届《とど》いた。

「ねぇ、あのショートヘアの子《こ》、かわいいね」

「うん。肌《はだ》がきれいだし、顔《かお》だちが整《ととの》ってるね」

「二重《ふたえ》まぶたもくっきりしてて、いいなぁー」

(え? 私《わたし》、ほめられてる?)

ヒカルの心臓《しんぞう》の鼓動《こどう》が速《はや》くなり、体《からだ》が熱《あつ》くなった。


教室《きょうしつ》に入《はい》ると、すぐにヒカルはクラスメイトの男子《だんし》たちに囲《かこ》まれた。

「あれ? ヒカルさん、なんか雰囲気《ふんいき》変《か》わったね」

「うん。かわいくなった気《き》がする」

「もしかして、メイクしてるの?」

「い、いや。何《なに》もしてないよ」

ヒカルは顔《かお》を赤《あか》くして、自分《じぶん》の席《せき》にむかう。

(びっくりした。昨日《きのう》までは、男子《だんし》に声《こえ》をかけられることなんて、ほとんどなかったのに。

これも、かわいくなったからかな)

イスに座《すわ》って教室《きょうしつ》を見《み》まわすと、多《おお》くの女子《じょし》たちもヒカルを見《み》ていた。全員《ぜんいん》が口《くち》を半開《はんびら》きにしている。

(みんなが私《わたし》を見《み》てる。こんなに注目《ちゅうもく》をあびるのは初《はじ》めてかも)

「ね、ねぇ、ヒカル」

サオリがヒカルに声《こえ》をかけてきた。

「今日《きょう》のヒカルって、ちょっときれいになってる気《き》がするんだけど？」

「……………気《き》のせいだよ」

ヒカルの声《こえ》が低《ひく》くなった。

「別《べつ》にサオリみたいに、メイクしてるわけじゃないし」

「そ、そう」

整《ととの》ったサオリの眉《まゆ》がぴくぴくと動《うご》く。

サオリのとなりにいた亜美《あみ》が口《くち》を開《ひら》いた。

「そうだ。今日《きょう》、いっしょにプリ撮《と》らない？」

「いっしょに？」

「うん。また、変顔《へんがお》してよ。あれ、おもしろかったからさ。花南《かなん》も行《い》こうよ」

「………いいね」

花南《かなん》が笑顔《えがお》でヒカルに近《ちか》づいた。

「ヒカルといっしょにプリ撮《と》るの楽《たの》しいし」

その言葉《ことば》に、ヒカルは奥歯《おくば》を強《つよ》くかんだ。

（昨日《きのう》、あんなに私《わたし》をバカにしてたくせに。この程度《ていど》じゃ、まだ自分《じぶん》たちのほうが上《うえ》って思《おも》ってるんだね。それなら………）

「今日《きょう》は用事《ようじ》があるから。でも、明日《あした》ならいいよ」

そう言《い》って、ヒカルは口角《こうかく》をわずかに吊《つ》りあげた。


その日《ひ》の放課後《ほうかご》、ヒカルは、また駅前《えきまえ》のゲームセンターにむかった。客《きゃく》の間《あいだ》をすりぬけ、昨日《きのう》のプリ機《き》の中《なか》に入《はい》る。

（もし、昨日《きのう》と同《おな》じことが起《お》こるのなら………）

しばらくすると、プリ機《き》から女《おんな》の声《こえ》が聞《き》こえてきた。

『フレームを選択《せんたく》してね』

プリ機《き》の画面《がめん》に虹色《にじいろ》のフレームが表示《ひょうじ》される。

「やっ、やった！」

ヒカルの瞳《ひとみ》が輝《かがや》いた。

(このフレームで写真《しゃしん》を撮《と》ると、現実《げんじつ》でもかわいくなれる。つまり、今《いま》の私《わたし》が写真《しゃしん》を撮《と》ったら、もっとかわいくなれるはず……………)

ヒカルは背筋《せすじ》を伸《の》ばして、真《ま》っ直《す》ぐにプリ機《き》のレンズを見《み》つめる。

(あいつらよりも、かわいくなってやる。完璧《かんぺき》な美人《びじん》になって、見返《みかえ》してやるんだ)

女《おんな》の声《こえ》で、カウントダウンが始《はじ》まる。

『……三……二……一……』

カシャリと小《ちい》さな音《おと》がした。

次《つぎ》の日《ひ》の朝《あさ》、ヒカルが教室《きょうしつ》に入《はい》ると、おしゃべりをしていたクラスメイトたちの声《こえ》が一《いっ》瞬《しゅん》で消《き》えた。全員《ぜんいん》が動《うご》きをとめて、ヒカルを凝視《ぎょうし》する。

「おはよう、みんな」

ヒカルがあいさつをすると、理子《りこ》が驚《おどろ》いた顔《かお》でかけ寄《よ》ってきた。

「その声《こえ》、ヒ、ヒカルなのっ？」

「うん。そうだよ」

ヒカルは胸元《むなもと》まで伸《の》びた髪《かみ》をかきあげた。

「どうしたの？　びっくりした顔《かお》して」

「いっ、いや、だって………」

理子《りこ》はヒカルの顔《かお》を指《ゆび》さす。

「顔《かお》が変《か》わってるよ。昨日《きのう》より、目《め》が大《おお》きくなってるし、唇《くちびる》の形《かたち》もちがう。それに髪《かみ》も長《なが》くなってるじゃん」

「みたいだね。私《わたし》もびっくりしてるよ」

ヒカルはぷっくりした桜色《さくらいろ》の唇《くちびる》を動《うご》かした。

「朝《あさ》、起《お》きたら、自分《じぶん》の姿《すがた》が変《か》わっててさ。こんなことってあるんだね」

（やっぱり、みんな驚《おどろ》くよね。一日《にち》でこんなに髪《かみ》が伸《の》びちゃったら。それに小顔《こがお》になったし、スタイルもよくなってる。もう、そこらへんのアイドルより、私《わたし》のほうが上《うえ》だよ）

視線《しせん》を動《うご》かすと、青白《あおじろ》い顔《かお》でヒカルを見《み》ているサオリと亜美《あみ》が目《め》に入《はい》った。ふたりはまばたきもせずに、ヒカルを見《み》つめている。

美《うつく》しく整《ととの》ったヒカルの唇《くちびる》が笑《え》みの形《かたち》に変化《へんか》する。

「ねえ、サオリ」

ヒカルは、銅像《どうぞう》のようにかたまっているサオリに歩《あゆ》み寄《よ》った。

「今日《きょう》、プリ撮《と》るんだよね？」

「……………あ、そっ、そうだったね」

サオリのほおがぴくりと動《うご》いた。

「でも…………」

「んっ？　どうしたの？」

ヒカルはサオリの顔《かお》をのぞきこむ。

「大丈夫《だいじょうぶ》だよ。ちゃんと変顔《へんがお》して、引《ひ》きたて役《やく》になってあげるから」

周囲《しゅうい》にいる男子《だんし》たちの声《こえ》が聞《き》こえてきた。

「いやぁ、変顔《へんがお》しても、今《いま》のヒカルさんのほうがかわいいだろ」

「ああ。引《ひ》きたて役《やく》になるのは、サオリのほうだろうな」

「というか、プリ撮《と》るなら、もらえないかな。ヒカルさんのプリほしいよ」

男子《だんし》たちの声《こえ》はサオリの耳《みみ》にも届《とど》いていたようだ。

サオリは唇《くちびる》を強《つよ》くかんで、視線《しせん》をヒカルからそらす。サオリのとなりにいる亜美《あみ》も、くやしそうな顔《かお》をしている。

ヒカルは教室《きょうしつ》のうしろのほうに立《た》っている花南《かなん》を見《み》た。花南《かなん》は唇《くちびる》を強《つよ》く結《むす》んで、ヒカルを見《み》ている。

(ふふっ、今《いま》の私《わたし》なら、花南《かなん》にだって勝《か》ってるよ)

ゆっくりと花南《かなん》に近《ちか》づき、ヒカルは笑《え》みを浮《う》かべた唇《くちびる》を動《うご》かす。

「放課後《ほうかご》、楽《たの》しみにしてるね。私《わたし》、花南《かなん》とプリ撮《と》るの楽《たの》しいし」

そう言《い》って、ヒカルは花南《かなん》に背《せ》をむけた。自分《じぶん》の席《せき》につくと同時《どうじ》に、男子《だんし》たちがむらがってくる。

「ねぇ、ヒカルさん。俺《おれ》ともプリ撮《と》ってよ。お金《かね》はもちろんだすからさ」

「おまえ、ズルいぞ。ヒカルさん、俺《おれ》とお願《ねが》いします！」

「僕《ぼく》もヒカルさんのプリほしいです」

「うん。いいよ」

ヒカルは笑顔《えがお》でうなずいた。

「じゃあ、今日《きょう》はみんなでプリ撮《と》ろうか」

その言葉《ことば》に、男子《だんし》たちは歓声《かんせい》をあげた。


その日《ひ》から、ヒカルはクラスの中心的存在《ちゅうしんてきそんざい》になった。

男子《だんし》たちは休《やす》み時間《じかん》のたびにヒカルの席《せき》に集《あつ》まってきた。

ヒカルが笑《わら》いかけると、全員《ぜんいん》が顔《かお》を赤《あか》くして視線《しせん》をそらす。

そんな男子《だんし》たちの姿《すがた》を見《み》るのが楽《たの》しかった。

そして、ヒカルに対《たい》する女子《じょし》たちの態度《たいど》も変化《へんか》した。

多《おお》くの女子《じょし》たちがヒカルの写真《しゃしん》をほしがり、他《ほか》のクラスの女子《じょし》も、わざわざヒカルを見《み》にくるようになった。

うらやましそうに自分《じぶん》を見《み》る女子《じょし》たちの視線《しせん》が心地《ここち》よい。

(あのプリ機《き》のおかげで人生変《じんせいか》わっちゃったよ)

「ねっ、ねぇ、ヒカル」

亜美《あみ》がサオリといっしょにヒカルの席《せき》にやってきた。

「昨日《きのう》、モデルにスカウトされたってホント?」

「うんっ! 名刺《めいし》もらっちゃったよ」

ヒカルは亜美《あみ》の質問《しつもん》に答《こた》えた。

「でも、あんまり有名《ゆうめい》じゃない会社《かいしゃ》だったから、ことわろうかと思《おも》って」

「あ、そっ、そうなんだ」

「だって、自分《じぶん》を安売《やすう》りしたくないじゃん。どうせ、スカウトなんて、いっぱい来《く》ると思《おも》うし」

その言葉《ことば》に、亜美《あみ》とサオリの表情《ひょうじょう》がこわばる。

「あ、そうそう。これ、昨日撮《きのうと》ったプリだよ。亜美《あみ》たちにもあげるね」

ヒカルは亜美《あみ》たちに、自分《じぶん》の写真《しゃしん》を差《さ》しだした。

「もし、私《わたし》が有名《ゆうめい》になったら、高《たか》く売《う》れるかもよ」

「…………そ、そうだね」

亜美《あみ》とサオリはほおを引《ひ》きつらせて、ヒカルの写真《しゃしん》を受《う》けとった。

放課後《ほうかご》のチャイムが鳴《な》ると、ヒカルはイスに座《すわ》ったまま、大《おお》きく伸《の》びをした。

(さーて、今日《きょう》は男子《だんし》たちとカラオケにでも行《い》こうかな。新《あたら》しいプリをあげれば、おごってもらえるだろうし)

ヒカルは机《つくえ》の中《なか》から教科書《きょうかしょ》とノートをとりだす。

その時《とき》、一冊《いっさつ》のノートが床《ゆか》に落《お》ちた。表紙《ひょうし》には、昨日《きのう》ヒカルが撮《と》ったプリがはってある。

「いけない。落《お》っことしちゃった」

拾《ひろ》おうと腰《こし》をかがめた瞬間《しゅんかん》、近《ちか》くにいた女《おんな》の子《こ》がノートをふんだ。

その瞬間《しゅんかん》、ズキンと頭《あたま》に痛《いた》みを感《かん》じた。

「ぐっ…………」

ヒカルは頭《あたま》を両手《りょうて》で押《お》さえて、その場《ば》にしゃがみこむ。

(な、何《なに》？　この痛《いた》み…………)

「あっ、ごめん」

女《おんな》の子《こ》はふんでいたノートから足《あし》をはなした。すると、ヒカルの頭《あたま》の痛《いた》みも消《き》える。

「あ…………あれ？」

ヒカルは右手《みぎて》で頭《あたま》を押《お》さえたまま、立《た》ちあがる。

(…………変《へん》だな。すぐに痛《いた》みがなくなった。なんだこれ？)

「ねぇ、これ、ヒカルのノートでしょ」

理子《りこ》が落《お》ちていたノートを拾《ひろ》いあげた。

「これ、プリのシールがはってあるやつだよね。見《み》せてよ」

「あ、う、うん」

理子《りこ》は机《つくえ》の上《うえ》にノートを広《ひろ》げた。ページいっぱいにヒカルの写真《しゃしん》がはられている。

「このへんが、最近《さいきん》撮《と》ったやつね」

「おおーっ、男子《だんし》と撮《と》ってる写真《しゃしん》も多《おお》いじゃん」

「いや、よくたのまれちゃうからさ」

「まあ、最近《さいきん》のヒカルは完全《かんぜん》に別人《べつじん》だからね」

そう言《い》いながら、理子《りこ》はページをめくった。

「おーっ、このへんは前《まえ》のヒカルの顔《かお》だよね」

「あ……………」

ヒカルの表情《ひょうじょう》がかたまった。写真《しゃしん》の中《なか》のヒカルは一重《ひとえ》まぶたで目《め》も小《ちい》さく、肌《はだ》もくすんでいる。笑顔《えがお》でピースサインをしている自分《じぶん》の姿《すがた》が、みにくく感《かん》じられた。

(そうだ。このノートには前《まえ》の私《わたし》の写真《しゃしん》もはってたんだった………)

「このころのヒカルは変顔《へんがお》することが多《おお》かったよねー」

「………」

「ん？　どうしたの？」

無言《むごん》になったヒカルを見《み》て、理子《りこ》は首《くび》をかしげる。

「あ、いや、ちょっとトイレ」

ヒカルはノートを手《て》にとって教室《きょうしつ》をでた。

（もう、前《まえ》の自分《じぶん》の写真《しゃしん》なんて見《み》たくない。今《いま》の私《わたし》の姿《すがた》が真実《しんじつ》なんだから。このノートはどこかに捨《す》てちゃおう）

その時《とき》、ろうかの先《さき》で、北山先生《きたやませんせい》がヒカルに手招《てまね》きした。

「おーい、ちょっといいか」

「んっ？　どうしたんですか？」

ヒカルは北山先生《きたやませんせい》に歩《あゆ》み寄《よ》る。

「いや、資料室《しりょうしつ》のそうじをしてたら、卒業生《そつぎょうせい》のノートがいっぱい見《み》つかってな。もう必要《ひつよう》ないだろうから捨《す》てようと思《おも》ってるんだ。ちょっと手伝《てつだ》ってくれるか？」

「えーっ、もう帰《かえ》るところなんですけど」

「職員室《しょくいんしつ》まで持《も》ってってくれればいいから。あとは俺《おれ》がシュレッダーかけるから」

「…………はぁ。それぐらいならいいですけど」

「助《たす》かるよ。じゃあ、資料室《しりょうしつ》まで来《き》てくれ」

ヒカルは北山先生《きたやませんせい》といっしょに校舎《こうしゃ》の二階《かい》にある資料室《しりょうしつ》にむかった。

資料室《しりょうしつ》のドアの前《まえ》には段《だん》ボール箱《ばこ》が二《ふた》つおかれている。その中《なか》には古《ふる》いノートが何十冊《なんじゅっさつ》も積《つ》みかさねられていた。

「これを運《はこ》んでもらえるか。さすがに俺《おれ》でも、いっぺんに二《ふた》つは持《も》てないから。あ、おまえは軽《かる》いほうでいいからな」

「はい」

ヒカルは持《も》っていたノートを段《だん》ボール箱《ばこ》に放《ほう》りこんだ。そして、両手《りょうて》で段《だん》ボール箱《ばこ》を持《も》ちあげる。

(さっさと終《お》わらせて帰《かえ》ろう。さっきの頭痛《ずつう》のこともあるし、今日《きょう》は男子《だんし》と遊《あそ》ぶのはやめておこう)

北山先生《きたやませんせい》の手伝《てつだ》いを終《お》えて、ヒカルは職員室《しょくいんしつ》をでた。階段《かいだん》をあがり、教室《きょうしつ》にむかっていると、理子《りこ》が走《はし》り寄《よ》ってきた。

「ごめーん、ヒカル」

理子《りこ》は持《も》っていたピンク色《いろ》の手帳《てちょう》をヒカルに見《み》せた。その手帳《てちょう》にはヒカルの写真《しゃしん》がはられていて、その部分《ぶぶん》がびしょびしょにぬれていた。

「さっき、水筒《すいとう》のお茶《ちゃ》こぼしちゃってさ。ヒカルのプリがぬれちゃったの。また、もらえるかな？」

「なんだ。それなら、今度《こんど》撮《と》るやつを………」

突然《とつぜん》、女《おんな》の子《こ》の悲鳴《ひめい》とともに、ヒカルの全身《ぜんしん》が水《みず》にぬれた。

「あ………」

何《なに》が起《お》こったのかと、ぽかんと口《くち》を開《あ》けて視線《しせん》を動《うご》かす。近《ちか》くに、驚《おどろ》いた顔《かお》をした女子《じょし》が、バケツを持《も》って立《た》っていた。

「ご、ごめん、ヒカルさん」

女子《じょし》があわててヒカルにかけ寄《よ》った。

「そうじしてたら、つまずいちゃって………」

「はっ、はぁ？」

「ほんとごめんなさい」

女子《じょし》は何度《なんど》も頭《あたま》をさげる。

「もういいよ。次《つぎ》から気《き》をつけてね」

ヒカルはハンカチで顔《かお》をふきながら、舌打《したう》ちする。

(今日《きょう》はついてないな。変《へん》な頭痛《ずつう》はするし、水《みず》をかけられるし)

「大丈夫《だいじょうぶ》？　ヒカル」

理子《りこ》が心配《しんぱい》そうにヒカルに声《こえ》をかけた。

「うん。水《みず》かぶっただけだし、ケガはしてないよ」

「なんか、プリと同《おな》じになっちゃったね」

その言葉《ことば》に、ヒカルの呼吸《こきゅう》が一瞬《いっしゅん》とまった。

「プリと同《おな》じ？」

「ほら、プリの中《なか》のヒカルもぬれてるし」

「あ…………」

(そうだ。プリと同《おな》じなんだ。私《わたし》が写《うつ》ったプリをふまれたら頭《あたま》が痛《いた》くなったし、写真《しゃしん》がぬれたら、私《わたし》も水《みず》をかぶった。もしかして、プリと同《おな》じことが、現実《げんじつ》でも起《お》こるってこと？)

水《みず》にぬれた体《からだ》が一気《いっき》に冷《つめ》たくなった気《き》がした。

(じゃあ……誰《だれ》かが私《わたし》の写真《しゃしん》を破《やぶ》いたりしたら…………)

自分《じぶん》の体《からだ》が真《ま》っ二《ぷた》つに切《き》りさかれる姿《すがた》を想像《そうぞう》して、ヒカルの顔《かお》が恐怖《きょうふ》でゆがんだ。

「………理子《りこ》。最近《さいきん》の私《わたし》のプリ………他《ほか》にも持《も》ってる？」

「最近《さいきん》？　えーと、たしか、二日前《ふつかまえ》にもらったのがあったと思《おも》うけど………」

理子《りこ》はぬれた手帳《てちょう》をめくった。

「あ、このへんそうだよね？　髪《かみ》が長《なが》くなってるから」

「それちょうだい！」

「えっ？　どうして？」

「いいからっ！」

ヒカルは理子《りこ》から手帳《てちょう》を奪《うば》いとり、自分《じぶん》の写真《しゃしん》を手帳《てちょう》からはがした。

（まずい。自分《じぶん》のプリ、みんなに配《くば》りまくってる。とにかく、全部回収《ぜんぶかいしゅう》しなきゃ！）

ヒカルは教室《きょうしつ》に戻《もど》ると、おしゃべりをしている三人《にん》の女子《じょし》に走《はし》り寄《よ》った。

「ねぇ、あなたたち、私《わたし》のプリ持《も》ってるよね？」

「え？　も、持《も》ってるけど」

「それ返《かえ》して！」

「返《かえ》すって、もうプリ帳《ちょう》にはっちゃってるよ。ほらっ」

女《おんな》の子《こ》はカバンの中《なか》に入《い》れていた手帳《てちょう》をとりだすと、ページをめくりはじめる。

「えーと……ヒカルが写《うつ》っているのは………どこにはったかな」

「もうっ、手帳《てちょう》ごと貸《か》して！」

ヒカルは女《おんな》の子《こ》から手帳《てちょう》をとりあげ、自分《じぶん》の写真《しゃしん》をはがしはじめた。

「他《ほか》にも私《わたし》のプリあったら持《も》ってきて！」

「私《わたし》たちがもらったのも？」

近《ちか》くにいた女子《じょし》がヒカルに質問《しつもん》する。

「そう！　全部《ぜんぶ》だよ！」

ヒカルは教室中《きょうしつじゅう》にひびきわたるような大声《おおごえ》をだした。

「とにかく、私《わたし》のプリは全部《ぜんぶ》回収《かいしゅう》するから！」

教室《きょうしつ》に残《のこ》っていたクラスメイトたちから自分《じぶん》の写真《しゃしん》を回収《かいしゅう》して、ヒカルは教室《きょうしつ》をでた。

「まさか、こんないわくつきのプリだったなんて………」

ヒカルはひたいに浮《う》かんだ汗《あせ》を手《て》の甲《こう》でふいた。

(だいぶ回収《かいしゅう》できたけど、もう帰《かえ》っちゃった子《こ》もいる。ユキと美里《みさと》と紀子《のりこ》……男子《だんし》にもいっぱい渡《わた》してるし)

「そうだ。サオリと亜美《あみ》にもプリを渡《わた》したんだ。あのふたりは軽音楽部《けいおんがくぶ》だから、まだ学校《がっこう》にいるかもしれない」

ヒカルは早足《はやあし》で音楽室《おんがくしつ》にむかった。


音楽室《おんがくしつ》の前《まえ》のろうかでヒカルは足《あし》をとめた。わずかに開《ひら》いていた後方《こうほう》の扉《とびら》から、サオリと亜美《あみ》の声《こえ》が聞《き》こえてくる。

中《なか》をのぞくと、教壇《きょうだん》に立《た》っているサオリと亜美《あみ》の姿《すがた》が見《み》える。そして、窓際《まどぎわ》には花南《かなん》もいた。

(よかった。これで、またプリを回収《かいしゅう》できる)

「ほんと、最近《さいきん》のヒカルってムカツクよね」

サオリの言葉《ことば》に、ヒカルの体《からだ》が硬直《こうちょく》した。

サオリのとなりにいた亜美《あみ》も「うんうん」とうなずく。

「ちょっときれいになったからって、調子《ちょうし》にのりすぎなんだよ」

「きっと整形《せいけい》したんだよ。あの髪《かみ》もエクステでさ」

そう言《い》って、サオリはヒカルの写真《しゃしん》をポケットからとりだすと、黒板《こくばん》にはりつけた。

「ちょっと前《まえ》まではクラス一《いち》の地味女《じみおんな》だったくせに」

黒板《こくばん》の粉受《こなう》けの上《うえ》にあった押《お》しピンを手《て》にとり、サオリはにやりと笑《わら》う。

「こいつで、ヒカルの目《め》をつぶしちゃおうか」

「いいねぇー。どうせプリだし、やっちゃえ！」

亜美《あみ》が笑《わら》いながら、教卓《きょうたく》をバンバンとたたく。

「じゃあ、左目《ひだりめ》からいきますか」

サオリは押《お》しピンを写真《しゃしん》に近《ちか》づける。

ヒカルは声《こえ》にならない悲鳴《ひめい》をあげた。

(ダ、ダメっ！　そんなことされたら、私《わたし》の目《め》が………)

「もう、やめなよ！」

突然《とつぜん》、花南《かなん》が大《おお》きな声《こえ》をだした。

「か、花南《かなん》…………」

サオリが驚《おどろ》いた顔《かお》をして振《ふ》り返《かえ》る。

「どうしたの？　そんな大声《おおごえ》だして。ただのプリだよ」

「プリだって、そんなことしたらダメだと思《おも》う。ヒカルはクラスメイトでしょ」

「でも、あいつ…………最近《さいきん》、生意気《なまいき》だし、私《わたし》たちをバカにしてるし」

「最初《さいしょ》にバカにしてたのは、サオリたちでしょ」

花南《かなん》はするどい視線《しせん》をサオリと亜美《あみ》にむけた。

「ゲームセンターで、ヒカルを引《ひ》きたて役《やく》って、バカにしてたよね」

「そ、それは…………」

サオリと亜美《あみ》の眉《まゆ》がぴくぴくと動《うご》く。

亜美《あみ》が花南《かなん》をにらみつけた。

「なんなの？　いい子《こ》ぶってさ。ちょっと写真《しゃしん》にイタズラしようとしただけじゃん」

「もう、いいよ。行《い》こう」

サオリは亜美《あみ》の手《て》をとって歩《ある》きだす。

「あの地味女《じみおんな》と仲良《なかよ》くやってれば」

はきすてるように言《い》うと、ふたりは早足《はやあし》で音楽室《おんがくしつ》の前方《ぜんぽう》の扉《とびら》からでていった。

(花南《かなん》が私《わたし》をかばってくれた)

ヒカルは呆然《ぼうぜん》としたまま、教卓《きょうたく》の前《まえ》に立《た》っている花南《かなん》を見《み》つめた。

花南《かなん》はさみしそうな表情《ひょうじょう》で、サオリたちがでていった扉《とびら》に視線《しせん》をむけている。

(花南《かなん》は私《わたし》のことをバカになんかしてなかったんだ。それなのに、私《わたし》は…………)

深《ふか》く息《いき》をすいこんで、ヒカルは音楽室《おんがくしつ》の中《なか》に入《はい》った。

「花南《かなん》…………」

「あ、ヒカル」

花南《かなん》は目《め》を大《おお》きく見開《みひら》いて、ヒカルを見《み》つめる。

「…………どうして」

ヒカルは花南《かなん》に問《と》いかけた。

「どうして、私《わたし》をかばってくれたの？」

「……………聞《き》いてたんだ」

花《か》南《なん》はふっと息《いき》をはいた。

「前《まえ》から、あのふたりがヒカルのことをバカにしてるのがイヤだったの」

「でも、サオリたちは、花《か》南《なん》と同《おな》じ部《ぶ》活《かつ》で…………」

「関《かん》係《けい》ないよ」

きっぱりと花《か》南《なん》は言《い》った。

「それに、私《わたし》、ヒカルと遊《あそ》ぶの好《す》きだし」

「好《す》き…………？」

「覚《おぼ》えてる？　初《はじ》めていっしょにプリ撮《と》った時《とき》のこと。あの時《とき》、すごく楽《たの》しかったんだよ」

「あ………」

ヒカルはその日《ひ》のことを思《おも》いだした。

「あーっ、失《しっ》敗《ぱい》したー」

ヒカルはプリ機《き》の中《なか》で大声《おおごえ》をだした。

となりの花南《かなん》が首《くび》をかしげる。

「どうしたの？　失敗《しっぱい》って」

「いやさー、ちょっと表情《ひょうじょう》がかたくなった気《き》がして」

「そんなに気《き》にしなくてもいいのに……」

「だって、花南《かなん》との初《はつ》プリだったからさ」

ヒカルはプリ機《き》からでてきた写真《しゃしん》を花南《かなん》に見《み》せる。

「ほら、無理《むり》に笑《わら》おうとして唇《くちびる》がゆがんでるよ」

「あ、ほんとだ」

花南《かなん》は写真《しゃしん》の中《なか》のヒカルを見《み》て笑《わら》った。

「でも、いい写真《しゃしん》だと思《おも》うよ」

「えーっ、そう？」

「うんっ！　気《き》どってない感《かん》じがする」

「そっか。それなら、いーや。こんなプリもいい思《おも》い出《で》になりそうだしね」

ヒカルはもう一度写真《いちどしゃしん》を見《み》なおす。

「………うん。花南《かなん》はいい表情《ひょうじょう》してるね。すごくかわいいし笑顔《えがお》が自然《しぜん》だよ。これ、スマホにはっていい？」

「もちろんいいよ」

「やった！」

ヒカルはカバンからスマートフォンをとりだして、早速写真《さっそくしゃしん》をはった。

「花南《かなん》ってさ、あんまりしゃべらないけど、いっしょにいると楽《たの》しい」

「えっ、そう？」

「うん。こうやって、ゲーセンにもつきあってくれたしさ。あっ、そうだ。このあと、たい焼《や》き屋《や》さんに行《い》こうよ。すごくおいしいお店《みせ》を知《し》ってるんだ」

そう言《い》って、ヒカルは花南《かなん》の手《て》をつかんだ。

「私《わたし》はあのころのヒカルが好《す》き」

花南《かなん》はヒカルの手《て》をそっとにぎる。

「最近《さいきん》のヒカルは外見《がいけん》にこだわりすぎだよ。そんなこと関係《かんけい》なく、楽《たの》しもうよ。いっしょにプリ撮《と》ったり、カラオケ行《い》ったりして。理子《りこ》ともいっしょにさ」

「花南《かなん》………」

ヒカルの瞳《ひとみ》がうるんだ。

(私《わたし》、何《なに》やってたんだろう。きれいになってから調子《ちょうし》にのって、好《す》き勝手《かって》に振《ふ》るまって)

ヒカルは目《め》の前《まえ》の花南《かなん》を見《み》つめる。

(花南《かなん》が人気《にんき》があるのは外見《がいけん》のせいだけじゃないんだ。心《こころ》がきれいだから、みんな花南《かなん》のことを好《す》きになるんだ)

「ねぇ、ヒカル。これからいっしょにゲームセンターに行《い》こうよ」

「ゲームセンター?」

「うん。いっしょにプリ撮《と》ろう!　今日《きょう》はふたりだけでさ」

「あっ………」

ヒカルは写真《しゃしん》のことを思《おも》いだした。

(そうだ。まずはプリの回収《かいしゅう》をしないといけないんだった)

「花南《かなん》っ！　私《わたし》の最近《さいきん》のプリ持《も》ってるよね？」

「う、うん。プリ帳《ちょう》にはってるけど」

「それ返《かえ》してほしいんだ」

「返《かえ》すって？」

「ちょっと、いろいろあって………」

「わかった。じゃあ、教室《きょうしつ》にあるからとりに行《い》こうか」

「ありがとう、花南《かなん》」

ヒカルはほっと胸《むね》をなでおろした。

(よかった。黒板《こくばん》にはってあるプリも回収《かいしゅう》して、帰《かえ》った子《こ》にはスマホで連絡《れんらく》すれば、全部《ぜんぶ》回収《かいしゅう》できるはず)

「あっ、もしかして、あのノートにはるの？」

「ノート？」

「ほら、ヒカルがいっぱいプリはってるノートだよ」

「えっと、そうじゃなくて………」

(あれ？　あのノート、どこにやったっけ？　たしか、処分《しょぶん》しようと思《おも》ってろうかに持《も》っていって…………。そのあと、北山先生《きたやませんせい》に仕事《しごと》をたのまれ…………あ…………)

ヒカルは、ノートを段《だん》ボール箱《ばこ》の中《なか》に入《い》れたことを思《おも》いだした。

北山先生《きたやませんせい》の言葉《ことば》が脳内《のうない》で再生《さいせい》される。

『いや、資料室《しりょうしつ》のそうじをしてたら、卒業生《そつぎょうせい》のノートがいっぱい見《み》つかってな。もう必要《ひつよう》ないだろうから捨《す》てようと思《おも》ってるんだ。ちょっと手伝《てつだ》ってくれるか？』

『職員室《しょくいんしつ》まで持《も》ってってくれればいいから。あとは俺《おれ》がシュレッダーかけるから』

「シュレッダーで処分《しょぶん》…………」

ぞわりと背筋《せすじ》が震《ふる》えた。

(まずい！　あのノートが処分《しょぶん》されたら、私《わたし》の体《からだ》も切《き》りさかれて)

「ごめんっ、花南《かなん》。私《わたし》、行《い》かなきゃ！」

そう言《い》うと、あわてて音楽室《おんがくしつ》を飛《と》びだす。

(はっ、早《はや》く職員室《しょくいんしつ》に行《い》かないと！)

階段《かいだん》をかけおり、ヒカルは一階《いっかい》にある職員室《しょくいんしつ》にむかう。

（急《いそ》げ、急《いそ》げ、急《いそ》げっ！）

無人《むじん》のろうかを走《はし》り抜《ぬ》け、職員室《しょくいんしつ》のドアをいきおいよく開《ひら》く。

北山先生《きたやませんせい》がシュレッダーの前《まえ》にいるのが見《み》えた。北山先生《きたやませんせい》はノートをバラして、数十枚《すうじゅうまい》の束《たば》ごとにシュレッダーにかけている。

ヒカルの顔《かお》が恐怖《きょうふ》でゆがんだ。

「まっ、待《ま》って！」

ヒカルはシュレッダーにかけ寄《よ》った。

「あ…………」

ヒカルの瞳《ひとみ》に、投入口《とうにゅうぐち》にすいこまれていくノートの表紙《ひょうし》が見《み》える。そこには、ヒカルの写真《しゃしん》がはってあった。

「ダッ、ダメっ！」

北山先生《きたやませんせい》を押《お》しのけて、ヒカルは手《て》を伸《の》ばした。しかし、ノートをつかむ前《まえ》に、それは投入口《とうにゅうぐち》の中《なか》に消《き》えていく。

「そ……そんな……」

バリバリバリバリ…………。

紙《かみ》が裁断《さいだん》される音《おと》が聞《き》こえてきた。

「ひっ、ひいっ！」

悲鳴《ひめい》をあげると同時《どうじ》に、視界《しかい》が真《ま》っ赤《か》に染《そ》まり、ヒカルの顔《かお》が細《こま》かく切《き》りきざまれた。

（そ、そんな…………）

ヒカルは血《ち》をふきだしながら、その場《ば》に倒《たお》れた。

先生《せんせい》たちの悲鳴《ひめい》が耳《みみ》に届《とど》く。

「どうして…………こんなこと…………に…………」

それが、ヒカルの最期《さいご》の言葉《ことば》だった。

エピローグ

八十時間目《じかんめ》の授業《じゅぎょう》はいかがでしたか？

外見《がいけん》にコンプレックスがある少女《しょうじょ》。

少女《しょうじょ》はふしぎなプリ機《き》で写真《しゃしん》を撮《と》りました。すると、加工《かこう》された写真《しゃしん》と同《おな》じように、現《げん》実《じつ》の少女《しょうじょ》も美《うつく》しくなったのです。

少女《しょうじょ》は目《め》だつ存在《そんざい》になり、多《おお》くのクラスメイトが少女《しょうじょ》の写真《しゃしん》をほしがりました。

でも、問題《もんだい》があったのです。

ふしぎなプリ機《き》で撮《と》った写真《しゃしん》が傷《きず》つくと、現実《げんじつ》の少女《しょうじょ》も同《おな》じように傷《きず》ついてしまうことがわかったのです。

少女《しょうじょ》のプリはシュレッダーにかけられて、切《き》りきざまれてしまいました。

そして、現実《げんじつ》の少女《しょうじょ》も同《おな》じ目《め》にあってしまったのです。

もし、少女《しょうじょ》の心《こころ》が美《うつく》しかったら、こんなことにはならなかったのかもしれません。
皆《みな》さんも外見《がいけん》だけにこだわるのは、やめたほうがいいでしょう。
え？　私《わたし》はどうかって？
もちろん、外見《がいけん》も心《こころ》も美《うつく》しいにきまってるじゃないですか。

81時《じ》間《かん》目《め》

メイちゃんのメール

プロローグ

こんにちは。
怖《こわ》い話《はなし》が大好《だいす》きな皆《みな》さん。
今日《きょう》も、たくさん集《あつ》まっているようですね。
それでは、八十一時間目《じかんめ》の授業《じゅぎょう》を始《はじ》めます。
皆《みな》さんはメールを利用《りよう》していますか?
パソコンや携帯電話《けいたいでんわ》、スマートフォンを持《も》っていれば、
誰《だれ》でもメールを送《おく》ることができます。
メールは便利《べんり》なツールですよね。
気軽《きがる》に連絡《れんらく》をとることができますし、電車《でんしゃ》やバスの中《なか》でも使《つか》えます。
親《おや》に帰《かえ》る時間《じかん》を伝《つた》えたり、友《とも》だちや好《す》きな人《ひと》と連絡《れんらく》をとったり。

メールがないと困《こま》る人《ひと》もいっぱいいるでしょう。
今回《こんかい》は、そんなメールにまつわるお話《はなし》です。
少女《しょうじょ》に届《とど》いた一通《いっつう》のメールから、物語《ものがたり》は大《おお》きく動《うご》きだします。
どんな結末《けつまつ》になるのか、楽《たの》しみですね。

内藤《ないとう》ルルが五年《ねん》三組《くみ》の教室《きょうしつ》に入《はい》ると、窓際《まどぎわ》でクラスメイトの女子《じょし》たちがおしゃべりをしているのが見《み》えた。

ルルはロングのツインテールをゆらして、女《おんな》の子《こ》たちに歩《あゆ》み寄《よ》る。

「ねぇねぇ、ちょっとこれ見《み》てよ」

ルルは持《も》っていた新品《しんぴん》のスマートフォンを女《おんな》の子《こ》たちに見《み》せた。

「これ、昨日《きのう》買《か》ってもらったんだ。最新《さいしん》のスマホだよ」

「うわーっ、すごい！」

ルルと同《おな》じ班《はん》の優子《ゆうこ》が目《め》を丸《まる》くした。優子《ゆうこ》はセミロングヘアの色白《いろじろ》の女《おんな》の子《こ》だ。

「それ、テレビでCM《シーエム》やってるやつだよね」

「うん。画面《がめん》が大《おお》きくて、きれいな写真《しゃしん》が撮《と》れるんだ」

ルルは自慢《じまん》げに胸《むね》を張《は》って、ぱっちりとした大《おお》きな目《め》で女《おんな》の子《こ》たちを見《み》まわす。

「みんなのスマホはどんなの？」

「私《わたし》はスマホじゃなくて、ケータイ電話《でんわ》だよ」

優子《ゆうこ》が悲《かな》しそうに、ポケットからピンク色《いろ》の携帯電話《けいたいでんわ》をだした。

「本当《ほんとう》はスマホがほしいんだけど、中学生《ちゅうがくせい》にならないとダメだって」

「私《わたし》はスマホだけど、安《やす》いやつで機能《きのう》もいろいろ制限《せいげん》されてるんだ」

優子《ゆうこ》のとなりで美咲《みさき》がふっと息《いき》をはく。美咲《みさき》は進学塾《しんがくじゅく》に通《かよ》っていて、クラスで一番勉強《いちばんべんきょう》ができる。

他《ほか》の女《おんな》の子《こ》たちも、スマートフォンや携帯電話《けいたいでんわ》について話《はな》しはじめた。

「私《わたし》は一年以上使《ねんいじょうつか》ってるケータイで、画面《がめん》が傷《きず》だらけになっちゃったよ」

「まあ、長《なが》く使《つか》ってるとそうなるよね」

「私《わたし》も新《あたら》しいのほしいなー」

ルルはクラスメイトたちの会話《かいわ》を聞《き》きながら、わざとらしくメールアプリをたちあげる。

「さーてと、誰《だれ》にメールしようかなぁー」

(こんなこと言《い》ったら、当然《とうぜん》、誰《だれ》か私《わたし》にメールアドレス聞《き》いてくるよね。さあ、早《はや》く聞《き》いてきなさいよ。ちゃんと教《おし》えてあげるから)

「そういえば、昨日《きのう》のドラマ観《み》た？」

「観《み》たよ。刑事役《けいじやく》の純《じゅん》くんがかっこいいよね」

「私《わたし》も観《み》た。犯人全然《はんにんぜんぜん》わからなかったよ」

「うん。あのラストは驚《おどろ》いたよね。まさか、あの女《おんな》の人《ひと》が犯人《はんにん》だったなんて」

(あれ？　話題《わだい》が変《か》わった？)

優子《ゆうこ》たちは楽《たの》しそうにドラマの話《はなし》をつづけている。もう、ルルのスマートフォンには興《きょう》味《み》がないようだ。

ルルは細《ほそ》い眉《まゆ》を吊《つ》りあげて、持《も》っていたスマートフォンを強《つよ》くにぎる。

(みんな、ひどいよ。ふつうは、こういう時《とき》、クラスメイトのメルアド聞《き》くものじゃないの？　それなのにドラマの話《はなし》なんか始《はじ》めちゃって。私《わたし》、観《み》てないから話題《わだい》に入《はい》れないじゃん)

盛《も》りあがっているクラスメイトたちからはなれて、ルルは教室《きょうしつ》の一番《いちばん》うしろの自分《じぶん》の席《せき》にむかった。

イスに座《すわ》って、短《みじか》く舌打《したう》ちをする。

(クラス替《が》えしてから、もう一《いっ》か月《げつ》以上《いじょう》たつのに、まだ、友《とも》だちがひとりもできないなんて、ありえない。これじゃあ、仲間《なかま》はずれにされてるのと同《おな》じじゃん)

「おいっ、ルル」

突然《とつぜん》、浩一《こういち》がルルに声《こえ》をかけた。浩一《こういち》はサッカーが得意《とくい》な男《おとこ》の子《こ》だ。

「おまえ、友《とも》だちいないのかよ?」

「はっ、はぁ? 何言《なにい》ってんの?」

ルルはぎらりとした目《め》で浩一《こういち》を見《み》あげる。

「だって、女子《じょし》の中《なか》でおまえだけが、ひとりでいるからさ」

「そうそう」

浩一《こういち》のとなりにいた陽介《ようすけ》がうなずいた。

「おまえ、四年生《よねんせい》のころから気《き》が強《つよ》くて、友《とも》だち作《つく》るの苦手《にがて》だったよな」

「うっ、うるさい！」

ルルは平手《ひらて》で机《つくえ》をたたいた。

「男子《だんし》にはカンケーないでしょ。それに、私《わたし》だって、友《とも》だちぐらいいるんだから」

「へーっ、どこにいるんだよ？」

「それは……」

ルルのほおがぴくりとけいれんする。

「やっぱり、いないんだ」

浩一《こういち》がバカにしたような顔《かお》で笑《わら》う。

「もし、いるんなら、メールとかやってるだろ。証拠《しょうこ》見《み》せてみろよ」

「ぐっ……」

ルルは唇《くちびる》をかみしめて、持《も》っていたスマートフォンを胸元《むなもと》でかくす。

(なんで男子《だんし》って、デリカシーがないの。私《わたし》だって、友《とも》だちを作《つく》ろうってがんばってるのに)

その時《とき》、スマートフォンから着信音《ちゃくしんおん》が鳴《な》った。

「えっ？　な、何《なに》？」

驚《おどろ》いて画面《がめん》を確認《かくにん》すると、さっきたちあげたメールアプリにメールが届《とど》いていた。

件名《けんめい》には『メイです』と書《か》かれている。

（メイなんて知《し》らないけど、ちょうどよかった。女《おんな》の子《こ》っぽい名前《なまえ》だし）

「ほっ、ほらっ！」

ルルは、とっさにスマートフォンの画面《がめん》を浩一《こういち》たちに見《み》せた。

「今《いま》、友《とも》だちのメイからメールきたし」

「ええっ？　マジかよ」

浩一《こういち》がスマートフォンに顔《かお》を近《ちか》づけた。

「………あ、ホントだ」

「でしょ。私《わたし》とメイは親友《しんゆう》なんだから。いつもメールしてるんだよ」

「なんだよ。勝《か》ちほこるようなことじゃないだろ。友《とも》だちからメールがくるなんて、ふつうのことだし」

そう言《い》いながらも、浩一《こういち》はくやしそうな顔《かお》をした。

「もう、いこーぜ、浩一《こういち》。こいつと話《はな》しててもおもしろくねーし」

「そうだな」

浩一《こういち》と陽介《ようすけ》はルルに背《せ》をむけて、教室《きょうしつ》からでていった。

(よし！　なんとかごまかせた。まちがいメールだと思《おも》うけど、ほんと助《たす》かったよ)

ルルはほっと胸《むね》をなでおろして、メールの内容《ないよう》を読《よ》んだ。

『初《はじ》めまして。私《わたし》は小学《しょうがく》五年生《ねんせい》の女子《じょし》です☆　名前《なまえ》は倉木《くらき》メイといいます。よかったら、私《わたし》とメル友《とも》になってくれませんか？　毎日《まいにち》つまらなくて、誰《だれ》かと楽《たの》しくおしゃべりしたいなーって思《おも》って』

「メ、メル友《とも》………」

(なんで私《わたし》のアドレスに送《おく》られてきたんだろう？　でも、これってラッキーかもしれない。この子《こ》なら、きっと私《わたし》と友《とも》だちになってくれるはず)

ルルは人《ひと》さし指《ゆび》を動《うご》かして、返信《へんしん》の文章《ぶんしょう》を打《う》った。

『私《わたし》も小五《しょうご》の女子《じょし》です！　メル友《とも》ＯＫ《オーケー》です。名前《なまえ》は内藤《ないとう》ルルです。よろしくね』

そのメールを送信《そうしん》すると、すぐに返信《へんしん》が届《とど》いた。

『うれしい☆　これからよろしくね』

ルルの表情《ひょうじょう》がぱっと明《あか》るくなった。

（やった！　うちのクラスの子《こ》じゃないけど友《とも》だちができたよ。これから、どんどんメールして、メイと仲良《なかよ》くなろう）

メイから送《おく》られてきたメールを見《み》ながら、ルルはほおをゆるませた。


それから、ルルは、メイと毎日《まいにち》メールをするようになった。

『おはよう、メイ。これから学校《がっこう》行《い》ってくるよ』

『ルルは朝早《あさはや》いね。えらいなー』

『メイはなんの教科《きょうか》が好《す》き？　私《わたし》は国語《こくご》かな』

『私《わたし》は家庭科《かていか》が好《す》きだよ。嫌《きら》いな教科《きょうか》は理科《りか》。電磁石《でんじしゃく》の性質《せいしつ》とかよくわかんなくて』

『あーっ、あれむずかしいよね』

『うんうん。中学生《ちゅうがくせい》になったら、もっとむずかしくなるんだろうなぁ。ゆううつだよー』

何度《なんど》もメールをやりとりするうちに、ルルは会《あ》ったことがないメイのことが、どんどん好《す》きになっていった。

算数《さんすう》の授業中《じゅぎょうちゅう》、ルルはこっそりメイのメールを読《よ》んでいた。

(………メイが好《す》きなアニメは『恋愛学級《れんあいがっきゅう》』か。たしか、去年《きょねん》テレビでやってたんだよな。今度《こんど》、レンタル屋《や》さんで借《か》りてみよう)

ルルは教科書《きょうかしょ》でスマートフォンをかくしながら、返信《へんしん》の文面《ぶんめん》を考《かんが》えはじめた。

(そういえば、メイってどこに住《す》んでるんだろう。聞《き》いてみようかな)

人《ひと》さし指《ゆび》を動《うご》かして、ルルは文字《もじ》を打《う》ちはじめる。

『メイって、どこに住《す》んでいるの?』

送信《そうしん》すると、数分後《すうふんご》にメイからメールが届《とど》いた。

『集英駅《しゅうえいえき》の近《ちか》くだよ』

(えっ! 集英駅《しゅうえいえき》って、私《わたし》の街《まち》にある駅《えき》だ。じゃあ、メイは同《おな》じ街《まち》に住《す》んでるってこと!?)

ルルの瞳《ひとみ》が輝《かがや》いた。

(すごいっ! これって神様《かみさま》が引《ひ》きあわせてくれたみたい。同《おな》じ街《まち》なら、会《あ》うことだって

できるよ）

「ルルさんっ！」

突然《とつぜん》、大《おお》きな声《こえ》で名前《なまえ》を呼《よ》ばれた。

顔《かお》をあげると、教壇《きょうだん》にいた先生《せんせい》が、ルルをにらんでいる。

「こらっ！　さっきから何《なに》してるの？」

「あっ、メ、メールを見《み》てて」

「メールって……………。授業中《じゅぎょうちゅう》にスマホや携帯電話《けいたいでんわ》を使《つか》うのは禁止《きんし》です！」

「ご、ごめんなさい」

ルルはイスから立《た》ちあがって、深《ふか》く頭《あたま》をさげた。

（しまった。見《み》つかっちゃったか）

クラスメイトたちの視線《しせん》が自分《じぶん》に集《あつ》まっているのがわかる。

（これからは、授業中《じゅぎょうちゅう》のメールはやめよう。スマホを没収《ぼっしゅう》されたらイヤだし）

ルルは肩《かた》を落《お》として、教科書《きょうかしょ》のページをめくった。

休《やす》み時間《じかん》になると、クラスの女《おんな》の子《こ》たちはグループにわかれて、おしゃべりを始《はじ》めた。

(また、私《わたし》だけひとりぼっち。どうして、クラスで友《とも》だちが作《つく》れないんだろう？)

楽《たの》しそうに笑《わら》っているクラスメイトたちを見《み》て、ルルはスマートフォンをとりだした。

メールアプリをたちあげて、メイにメールを送《おく》る。

『ねぇ、メイ。私《わたし》って、性格悪《せいかくわる》いのかな？』

一分《いっぷん》もたたないうちに返信《へんしん》がきた。

『そんなことないよ！　ルルは私《わたし》なんかと毎日《まいにち》メールしてくれるし、すごく優《やさ》しいと思《おも》う。今《いま》まで、私《わたし》はメールできる友《とも》だちなんていなかったから、ルルに感謝《かんしゃ》してるよ。本当《ほんとう》にありがとう』

「メイ………」

ルルの瞳《ひとみ》がうるんだ。

(そっか。メイも私《わたし》と同《おな》じで、友《とも》だちがいなかったんだ)

ルルはメイに返信《へんしん》した。

『メイだって優《やさ》しいよ。すぐにメールを返《かえ》してくれるし、今《いま》も私《わたし》をなぐさめてくれた。私《わたし》たち、ずっと友《とも》だちだよ』

すぐにメイからメールが届《とど》く。

『ほんと？　私《わたし》なんかでいいの？　うれしいよ。ずっとずっと友《とも》だちでいてね。約束《やくそく》だよ』

「ははっ、約束《やくそく》か」

ルルは笑《わら》いながら、メイが送《おく》ってきたメールをながめる。

（メイは大《おお》げさだな。約束《やくそく》なんかしなくても大丈夫《だいじょうぶ》なのに）


放課後《ほうかご》、おしゃべりをしているクラスメイトたちからはなれて、ルルは教室《きょうしつ》からでた。

早足《はやあし》で階段《かいだん》をおりて、昇降口《しょうこうぐち》にむかう。

下駄箱《げたばこ》の前《まえ》で靴《くつ》をはきかけていると、近《ちか》くにいた女《おんな》の子《こ》たちの会話《かいわ》が耳《みみ》に届《とど》いた。

「……………もう、行方不明《ゆくえふめい》になって一年《ねん》だよね」

「あーっ、集英小《しゅうえいしょう》の女《おんな》の子《こ》のこと？」

「うん。うちらと同《おな》じ小五《しょう》で、えーっと、なんて名前《なまえ》だったかなぁ…………」

「きっと、もう死《し》んじゃってると思《おも》うよ。ずっと見《み》つからないんだから」

「もし、そうならかわいそうだよね」

（そういえば、前《まえ》にニュースでやってたな。まだ、見《み》つかってなかったのか）

ルルはメイのメールの内容《ないよう》を思《おも》いだした。

（メイは集英駅《しゅうえいえき》の近《ちか》くに住《す》んでるってメールに書《か》いてた。ってことは集英小《しゅうえいしょう》に通《かよ》っているのかもしれないな）

その時《とき》、ランドセルに入《い》れていたスマートフォンから着信音《ちゃくしんおん》が聞《き》こえた。

「あ、メールだ」

ルルはスマートフォンをとりだして、すぐにチェックする。

『今日《きょう》は先生《せんせい》に怒《おこ》られて大変《たいへん》だったね』

「………あれ？　私《わたし》、先生《せんせい》に怒《おこ》られたこと、メールに書《か》いてないよな」

首《くび》をひねりながら返信《へんしん》する。

『よくわかったね。そのこと、メールに書《か》いてなかったのに』

すぐに返信《へんしん》がきた。

『友《とも》だちだもん。ルルのことなら、全部《ぜんぶ》わかるよ』

「全部《ぜんぶ》って…………」

ルルは笑《わら》いながら、メールを打《う》つ。

『全部《ぜんぶ》は言《い》いすぎだよ。メイっておもしろいね』

『でも、本当《ほんとう》のことだよ。私《わたし》、前《まえ》からルルのこと、気《き》になってたんだ☆ いつもクラスでひとりぼっちでさびしそうなんだもん。私《わたし》と同《おな》じで気《き》が合《あ》うかもって。勇気《ゆうき》をだして、メールしてよかったよ』

「え…………？」

ルルの表情《ひょうじょう》がかたまった。

(何《なに》これ？ 前《まえ》からって、最初《さいしょ》のメールはまちがって送《おく》ってきたんじゃないの？ 私《わたし》のアドレスをどうやって知《し》ったのかもふしぎだし、教室《きょうしつ》にいる時《とき》の私《わたし》を知《し》ってるはずなんてないのに)

いつの間《ま》にか、スマートフォンを持《も》つ手《て》に汗《あせ》がにじんでいた。

家《いえ》に帰《かえ》ると、母親《ははおや》がキッチンで夕食《ゆうしょく》の準備《じゅんび》をしていた。

「おかえり、ルル。今夜《こんや》はすき焼《や》きだから、楽《たの》しみにしててね」

「う、うん………」

「あれ？　どうしたの？　元気《げんき》ないわね」

「ちょっと気《き》になることがあって………」

ルルはダイニングのイスに腰《こし》かけて、テーブルの上《うえ》にスマートフォンをおいた。

(メイが私《わたし》のことを知《し》ってたなんてありえない。別《べつ》の小学校《しょうがっこう》に通《かよ》ってるんだから。ってことは、やっぱり、最初《さいしょ》のメールはまちがいメールで、メイが私《わたし》をからかっているんだ)

その時《とき》、テーブルの上《うえ》においてあった地域新聞《ちいきしんぶん》が目《め》に入《はい》った。見出《みだ》しには『行方不明《ゆくえふめい》の女児《じょじ》、いまだに見《み》つからず』と書《か》いてあった。

(集英小《しゅうえいしょう》の女《おんな》の子《こ》の事件《じけん》か………)

ルルは記事《きじ》の冒頭《ぼうとう》を目《め》で追《お》った。

『平成《へいせい》○○年《ねん》、五月十二日《がつじゅうににち》、集英小学校《しゅうえいしょうがっこう》に通《かよ》う倉木《くらき》メイちゃんが行方不明《ゆくえふめい》になって、一年《ねん》がすぎた。しかし、いまだにメイちゃんは見《み》つかっておらず………』

「あ………」

かすれた声《こえ》がルルの口《くち》からもれた。

(倉木《くらき》メイ？　それって、メイの名前《なまえ》と同《おな》じ？)

ルルは新聞《しんぶん》に顔《かお》を近《ちか》づけた。

見出《みだ》しの横《よこ》には、女《おんな》の子《こ》の写真《しゃしん》がのっていた。女《おんな》の子《こ》は前髪《まえがみ》をセンターでわけていて、おとなしそうな顔《かお》をしていた。その写真《しゃしん》の下《した》には、『倉木《くらき》メイちゃん（当時十歳《とうじじゅっさい》）』と書《か》れている。

ルルの心臓《しんぞう》が大《おお》きくはねた。

(どういうこと？　メイが倉木《くらき》メイなはずがない。だって、倉木《くらき》メイは一年前《ねんまえ》に行方不明《ゆくえふめい》になってるんだから)

昇降口《しょうこうぐち》で話《はな》していた女《おんな》の子《こ》の言葉《ことば》を思《おも》いだす。

『きっと、もう死《し》んじゃってると思《おも》うよ。ずっと見《み》つからないんだから』

突然《とつぜん》、テーブルの上《うえ》のスマートフォンが着信音《ちゃくしんおん》を鳴《な》らした。

びくりとルルの体《からだ》が動《うご》く。

「メ、メール？」

地域だより

スマートフォンを手《て》にとって画面《がめん》を確認《かくにん》すると、メールの送信者《そうしんしゃ》はメイだった。

『ねえ、今度《こんど》いっしょに遊《あそ》ぼうよ。私《わたし》、ルルに会《あ》いたい。私《わたし》がいつもひとりで遊《あそ》んでいる空《あ》き地《ち》があるの』

「ひっ………」

短《みじか》い悲鳴《ひめい》をあげて、ルルはイスから立《た》ちあがった。

「どうしたの？　ルル」

「………なっ、なんでもない！」

ルルは小刻《こきざ》みに震《ふる》える脚《あし》を動《うご》かして、ダイニングをでる。そして、うす暗《ぐら》いろうかでスマートフォンを操作《そうさ》して、自分《じぶん》のメールアドレスを削除《さくじょ》した。

（このアドレスはもう使《つか》わない。新《あたら》しいアドレスに変《か》えてやる！　そうすれば、メイからメールもこなくなるし）

「こんな、ひどいイタズラをするなんて………」

（メイは最初《さいしょ》から私《わたし》をからかっていたんだ。行方不明《ゆくえふめい》の女《おんな》の子《こ》の名前《なまえ》を使《つか》って、怖《こわ》がらせるつもりだったんだ）

ルルの奥歯《おくば》がギリギリと音《おと》をたてた。

（もう、知《し》らない相手《あいて》とはメールしない。クラスで友《とも》だちを作《つく》るんだ！）

次《つぎ》の日《ひ》の朝《あさ》、教室《きょうしつ》の扉《とびら》の前《まえ》で、ルルは足《あし》をとめた。

教室《きょうしつ》では、いつものようにクラスメイトたちがグループにわかれて、仲良《なかよ》くおしゃべりをしている。

ルルの心臓《しんぞう》の音《おと》が速《はや》くなる。

（落《お》ちつけ。ここで声《こえ》をかけなきゃ、今《いま》までと変《か》わらないよ。勇気《ゆうき》をだすんだ！）

深《ふか》く息《いき》をすいこんで、ルルは教室《きょうしつ》の中《なか》に入《はい》った。教壇《きょうだん》の近《ちか》くにいる優子《ゆうこ》と美咲《みさき》に歩《あゆ》み寄《よ》る。

「……あっ、あのっ！」

ルルの言葉《ことば》に、優子《ゆうこ》と美咲《みさき》はおしゃべりをやめた。突然《とつぜん》、ルルに声《こえ》をかけられたことに驚《おどろ》いているのか、ふたりとも口《くち》をぽかんと開《あ》けている。

（がんばるんだ、自分《じぶん》）

ルルは強《つよ》くにぎっていたスマートフォンをふたりに差《さ》しだした。

「ふっ、ふたりのアドレス知《し》りたいんだけど…………教《おし》えてっ！」

「…………」

しばらくの沈黙《ちんもく》のあと、優子《ゆうこ》が言《い》った。

「…………びっくりした。別《べつ》にいいよね？」

「うん。いいと思《おも》うよ」

美咲《みさき》もこくりとうなずく。

「ほっ、ほんとに？」

「メールアドレスを教《おし》えるぐらい問題《もんだい》ないよ。同《おな》じクラスなんだし」

美咲《みさき》はくすくすと笑《わら》った。

「ルルちゃんってツンツンしてて、クラスの女子《じょし》に興味《きょうみ》がないと思《おも》ってたよ」

「私《わたし》もそう思《おも》ってた」

優子《ゆうこ》が美咲《みさき》に同意《どうい》する。

「いつもひとりでいて、私《わたし》たちに声《こえ》かけてくることもほとんどなかったからさ」

「本当《ほんとう》はみんなと話《はな》したかったけど、きっかけがなくて…………」

ルルは顔《かお》を赤《あか》くして、視線《しせん》を床《ゆか》に落《お》とした。

「それに、私《わたし》なんかと仲良《なかよ》くしてくれるわけないって」

「そんなことないよ。ルルちゃんは変《へん》なこと考《かんが》えるなぁー」

笑《わら》っているふたりの表情《ひょうじょう》を見《み》て、ルルの緊張《きんちょう》もやわらいだ。

「そうだ！」

美咲《みさき》が胸元《むなもと》でパンッと手《て》を合《あ》わせた。

「ルルちゃん、明日《あした》の土曜日《どようび》あいてる？」

「えっ？　あ、あいてるけど」

「じゃあ、三人《にん》で絶叫《ぜっきょう》ランドに行《い》かない？」

「絶叫《ぜっきょう》ランド…………」

「ダメかなぁ？」

「い、行《い》くっ！　私《わたし》、行《い》くよ！」

ルルは笑顔《えがお》で強《つよ》くうなずいた。

「ママっ！　ただいま！」

家《いえ》に帰《かえ》ると、ルルはリビングでテレビを観《み》ていた母親《ははおや》にかけ寄《よ》った。

「明日《あした》、友《とも》だちと絶叫《ぜっきょう》ランドに行《い》ってくるから」

「へーっ、友《とも》だちってクラスの子《こ》？」

「うんっ」

ルルは持《も》っていたスマートフォンを母親《ははおや》に見《み》せる。そこには、優子《ゆうこ》と美咲《みさき》のメールアドレスが登録《とうろく》してあった。

「ほらっ、メールアドレスも交換《こうかん》したんだ」

「へーっ、よかったわね」

母親《ははおや》は笑顔《えがお》でルルの頭《あたま》をなでた。

「じゃあ、特別《とくべつ》におこづかいをあげる。絶叫《ぜっきょう》ランドに行《い》くのなら、バス代《だい》もかかるしね」

「えっ？　いいの？」

「そのかわり、お風呂《ふろ》そうじやってもらうからね」

「わかった！　ありがとう、ママ」

ルルは母親《ははおや》に抱《だ》きついた。

（友《とも》だちといっしょに絶叫《ぜっきょう》ランドに行《い》けるなんて、最高《さいこう》だよ。勇気《ゆうき》をだして、もっと早《はや》く声《こえ》をかけていればよかった）


次《つぎ》の日《ひ》の朝《あさ》、ルルは優子《ゆうこ》、美咲《みさき》といっしょにバスにのって、絶叫《ぜっきょう》ランドにむかった。

最後尾《さいこうび》の座席《ざせき》に三人《にん》で並《なら》んで座《すわ》ると、優子《ゆうこ》がすぐに話《はな》しかけてきた。

「ねえ、最初《さいしょ》は何《なに》にのる？」

「私《わたし》、ジェットコースターがいいな」

「いいねーっ！　そのあと、パレード見《み》に行《い》こうか」

「うん。パレードも見《み》たかったんだ。昨日《きのう》、ネットで調《しら》べたら、マスコットキャラたちのダンスが最高《さいこう》って話題《わだい》になってたよ」

「ねぇねぇ」

優子《ゆうこ》のとなりに座《すわ》っていた美咲《みさき》が口《くち》を開《ひら》いた。

「パレード見《み》る時《とき》、キャラメル味《あじ》のポップコーン買《か》おうよ。あれ、すごく好《す》きなんだ」

「うん。大《おお》きいサイズの買《か》って、三人《にん》でいっしょに食《た》べよう」

会話《かいわ》がはずみ、ルルのほおがゆるんだ。

（やっぱりメールのやりとりより、こうやって顔《かお》を見《み》て話《はな》せるほうがいいな。ほんと、友《とも》だちがふたりもできてよかった）

その時《とき》、ポシェットに入《い》れていたスマートフォンから着信音《ちゃくしんおん》がした。

（あれ？　ママからメールかな？）

ルルはスマートフォンをとりだして、メールを確認《かくにん》する。

【送信者《そうしんしゃ》：メイ】

『やっぱり、私《わたし》に会《あ》いにきてくれたんだね。信《しん》じてたよ』

ルルの両目《りょうめ》が極限《きょくげん》まで開《ひら》かれた。

「ウ……………ウソ…………」

（なんでメイが？　アドレス変《か》えたのに、どうしてメールが届《とど》くの？）

全身《ぜんしん》の血《ち》が一気《いっき》に冷《ひ》えた。

（……………こんなことありえないよ）

「次《つぎ》は集英駅《しゅうえいえき》ーっ、集英駅《しゅうえいえき》。お降《お》りの方《かた》はブザーでお知《し》らせください」

バスのアナウンスが聞《き》こえてきた。

「しゅ、集英駅《しゅうえいえき》っ？」

ルルはメイが集英駅《しゅうえいえき》の近《ちか》くに住《す》んでいることを思《おも》いだした。

（行方不明《ゆくえふめい》になっている倉木《くらき》メイも、集英小学校《しゅうえいしょうがっこう》に通《かよ》っていたはず…………）

また、スマートフォンから連続《れんぞく》で着信音《ちゃくしんおん》が鳴《な》った。

『私《わたし》の友《とも》だちはルルだけだよ。ルルもそうだよね？』

『約束《やくそく》したもんね。ずっと友《とも》だちって』

『もうすぐ、会《あ》えるよ』

『これからは、ずっといっしょにいようね』

次々《つぎつぎ》とメイからメールが送《おく》られてくる。

「う…………あ…………」

ルルは恐怖《きょうふ》のあまり、スマートフォンをとりおとした。

「どうしたの？」

優子《ゆうこ》がルルの顔《かお》をのぞきこんだ。

「顔《かお》が真《ま》っ青《さお》だよ。もしかして、バスに酔《よ》っちゃったの？」

「………わっ、私《わたし》、帰《かえ》るっ！」

ルルは、はじかれたように座席《ざせき》から立《た》ちあがる。運転席《うんてんせき》にかけ寄《よ》り、運転手《うんてんしゅ》に声《こえ》をかけた。

「すみません！　バスを停《と》めてください。気分《きぶん》が悪《わる》いんです」

バスが停《と》まり、ドアが開《ひら》く。ルルは外《そと》に飛《と》びだした。

「ルルちゃん！」

美咲《みさき》の声《こえ》を無視《むし》して、ルルは走《はし》りつづける。

(そんなバカな？　どうやって、新《あたら》しいアドレスがわかったの？　ママと優子《ゆうこ》ちゃんと美《み》咲《さき》ちゃんにしか伝《つた》えてないのに！)

メイのメールにおびえ、ルルの顔《かお》がゆがむ。

(まさか、このメールはイタズラじゃなくて、本当《ほんとう》にあの倉木《くらき》メイが送《おく》ってきている？

でも、それならどうして、まだ行方不明《ゆくえふめい》なの？）

住宅街《じゅうたくがい》の十字路《じゅうじろ》を右《みぎ》に曲《ま》がり、空《あ》き地《ち》の前《まえ》の道路《どうろ》で足《あし》をとめた。

（落《お》ちつくんだ。とにかく、家《いえ》に帰《かえ》って、ママに相談《そうだん》して……………あ………）

その時《とき》、ルルはスマートフォンをバスの中《なか》で落《お》としたままだったことを思《おも》いだした。

「しまった。これじゃあ、ママに電話《でんわ》できない」

周囲《しゅうい》に人《ひと》の姿《すがた》はなく、道路《どうろ》には車《くるま》も走《はし》っていない。

（集英駅《しゅうえいえき》のバス停《てい》には戻《もど》りたくない。その一《ひと》つ前《まえ》のバス停《てい》まで歩《ある》こう。そこから、バスにのって家《いえ》に帰《かえ》ればいいんだ）

荒《あら》い息《いき》を整《ととの》えていると、背後《はいご》から足音《あしおと》が聞《き》こえてきた。

ルルの表情《ひょうじょう》が一瞬《いっしゅん》でこわばる。

（ま、まさか、メイが私《わたし》を追《お》いかけて………）

「か、かくれないと」

ルルは雑草《ざっそう》が生《お》い茂《しげ》る空《あ》き地《ち》の中《なか》に入《はい》っていった。雑草《ざっそう》はひざの上《うえ》くらいまで伸《の》びていて、歩《ある》くたびにがさがさと音《おと》をたてる。

右足《みぎあし》をふみだした瞬間《しゅんかん》、着地《ちゃくち》するべき地面《じめん》がないことに気《き》づいた。

体《からだ》のバランスをくずして、ルルはそのまま、すいこまれるように落《お》ちていく。

バシャンと音《おと》がして、腰《こし》に強《つよ》い痛《いた》みと水《みず》の冷《つめ》たさを感《かん》じた。

「いっ……ぐっ……」

ルルは顔《かお》をしかめて、あたりを見《み》まわした。

そこは井戸《いど》の底《そこ》だった。直径一・五《ちょっけいいってんご》メートルほどの円柱形《えんちゅうけい》で、地上《ちじょう》からの深《ふか》さは五メートル以上《いじょう》ある。底《そこ》には水《みず》がたまっていて、ゴミや落《お》ち葉《ば》、木《き》くずが浮《う》いている。

「……そうか。水《みず》のおかげでケガしなかったんだ」

ルルはゆっくりと立《た》ちあがる。

水《みず》はルルの腰《こし》の深《ふか》さまであり、黒《くろ》く汚《よご》れていた。ぬるりとした感触《かんしょく》に、思《おも》わず眉間《みけん》にしわが寄《よ》る。

「この水《みず》、腐《くさ》ってるのかな。なんか変《へん》なにおいがするし、気持《きも》ち悪《わる》い……」

視線《しせん》をあげると、円《まる》く切《き》りとったような青《あお》い空《そら》が見《み》えた。

ルルは右手《みぎて》を伸《の》ばして、井戸《いど》の壁《かべ》にふれてみる。壁《かべ》は黒《くろ》いコケのようなものでおおわれていて、足《あし》をかけるくぼみや裂《さ》け目《め》もない。

「これじゃあ……あがれない……」

かすれた声《こえ》が自分《じぶん》の口《くち》からもれた。

（どうしよう？　スマホもないし、このままじゃ……）

ルルは視線《しせん》を左右《さゆう》に動《うご》かす。

「あっ！」

浮《う》いている木《き》の板《いた》の上《うえ》に携帯電話《けいたいでんわ》があることに気《き》づき、ルルの瞳《ひとみ》が輝《かがや》いた。

「やった！　これでママに電話《でんわ》ができるかも！」

ルルは携帯電話《けいたいでんわ》に飛《と》びついた。携帯電話《けいたいでんわ》には、汚《よご》れたピンク色《いろ》の名札《なふだ》がついている。

「お願《ねが》い！　電池残《でんちのこ》ってて！」

すがるような思《おも》いで電源《でんげん》ボタンを押《お》す。

しかし、携帯電話《けいたいでんわ》の電源《でんげん》は入《はい》らなかった。よく見《み》ると、液晶画面《えきしょうがめん》の一部《いちぶ》が割《わ》れていて、
ボタンは水《みず》にぬれていた。

「……ダ、ダメか」

ルルはがっくりと肩《かた》を落《お》とす。

「せっかく、携帯電話《けいたいでんわ》を見《み》つけたのに…………あれ…………」

（でも、どうして、井戸《いど》の中《なか》に携帯電話《けいたいでんわ》が落《お》ちてるの？）

ルルは携帯電話《けいたいでんわ》についていた名札《なふだ》をまじまじと見《み》る。

そこには『倉木《くらき》メイ』と書《か》かれていた。

「あ…………」

メイのメールの文章《ぶんしょう》が頭《あたま》の中《なか》に浮《う》かんできた。

『ねえ、今度《こんど》いっしょに遊《あそ》ぼうよ。私《わたし》、ルルに会《あ》いたい。私《わたし》がいつもひとりで遊《あそ》んでいる空《あ》き地《ち》があるの』

「まさか、メイはこの井戸《いど》に落《お》ちて…………そのまま行方不明《ゆくえふめい》に…………」

ルルは真《ま》っ黒《くろ》に汚《よご》れた水《みず》に視線《しせん》を落《お》とす。

（この水《みず》の中《なか》に…………まだ、メイは…………）

「そんな…………」

（メイはここから私《わたし》にメールを送《おく》っていた？　もう、死《し》んでいるのに）

心臓《しんぞう》の音《おと》が大《おお》きくなり、呼吸《こきゅう》が荒《あら》くなる。

「ここから、早《はや》くでないと………」

その時《とき》、頭上《ずじょう》から優子《ゆうこ》と美咲《みさき》の声《こえ》が聞《き》こえてきた。

「ルルちゃん、どこに行《い》ったんだろう？」

「こっちに来《き》たはずなのに………」

「あっ！　優子《ゆうこ》ちゃんたちだ」

ルルは視線《しせん》を井戸《いど》の上《うえ》にむけた。

（よかった。私《わたし》をさがしに来《き》てくれたんだ）

助《たす》けを呼《よ》ぼうとした瞬間《しゅんかん》、誰《だれ》かがうしろからルルの肩《かた》をつかんだ。

「え………？」

ルルの体《からだ》がかたまった。

（どうして？　うしろに人《ひと》なんかいるはずないのに………）

ルルはゆっくりと首《くび》を動《うご》かして、背後《はいご》を見《み》た。

そこには、がいこつのメイがいた。

メイは汚《よご》れた服《ふく》を着《き》ていて、目《め》があったはずの黒《くろ》い穴《あな》の部分《ぶぶん》で、ルルを見《み》ている。

「……………ルル」

メイは暗《くら》く低《ひく》い声《こえ》をだして、ルルに抱《だ》きついた。むきだしになった歯《は》がかちかちと音《おと》をたてる。

「これで……………ずっといっしょにいられるね」

「ひっ、ひいっ…………」

悲鳴《ひめい》をあげようとした瞬間《しゅんかん》、メイの手《て》がルルの口元《くちもと》を押《お》さえた。

上《うえ》から、優子《ゆうこ》たちの声《こえ》が聞《き》こえてくる。

「ここにもいないかぁー」

「もしかして、タクシーで家《いえ》に帰《かえ》っちゃったとか」

「そうかもしれないね。でも、突然《とつぜん》どうしたんだろう？」

「わかんないよ。月曜日《げつようび》に学校《がっこう》で聞《き》いてみよう」

「……………そうするしかないよね」

ふたりの声《こえ》がどんどん小《ちい》さくなっていく。

倉木ナイ

（そんな……私《わたし》はここにいるのに………）

くすくすとメイの笑《わら》い声《ごえ》が聞《き》こえてきた。

「大丈夫《だいじょうぶ》。ルルには私《わたし》がいるから」

「うっ………ぐ………」

ルルは、メイの手《て》を振《ふ》りほどこうと必死《ひっし》で暴《あば》れたが、きつく抱《だ》きつかれて、引《ひ》きはなせない。ずるりと足《あし》がすべって、首《くび》まで水《みず》につかった。メイの手《て》のすき間《ま》から、どろどろの水《みず》が口《くち》に入《はい》りこんでくる。

「ごぼっ……がっ………」

ルルはばたばたと手足《てあし》を動《うご》かした。それでもメイははなれようとしない。

顔《かお》の半分《はんぶん》が水《みず》につかり、呼吸《こきゅう》ができなくなる。

メイがルルの耳元《みみもと》でささやいた。

「私《わたし》たち、永遠《えいえん》に友《とも》だちだよね………」

（た、助《たす》け……て。ママ……優子《ゆうこ》ちゃん……美咲《みさき》ちゃ………）

頭《あたま》まで水《みず》につかり、視界《しかい》が真《ま》っ暗《くら》になる。

（た、助《たす》け…………）

ルルの手足《てあし》から力《ちから》が抜《ぬ》け、その意識《いしき》が永遠《えいえん》に失《うしな》われた。

エピローグ

八十一時間目《じかんめ》の授業《じゅぎょう》は、これで終《お》わりです。
友《とも》だちを作《つく》るのが苦手《にがて》な少女《しょうじょ》。
そんな少女《しょうじょ》に見知《みし》らぬ女《おんな》の子《こ》からメールが届《とど》きました。
少女《しょうじょ》はメイと名乗《なの》る女《おんな》の子《こ》とメル友《とも》になりました。
ふたりはすぐに仲良《なかよ》くなり、毎日《まいにち》メールをやりとりするようになったのです。
しかし、その少女《しょうじょ》は一年前《ねんまえ》から行方不明《ゆくえふめい》になっていた倉木《くらき》メイでした。
メイは近所《きんじょ》の空《あ》き地《ち》で遊《あそ》んでいて、あやまって井戸《いど》に落《お》ちてしまったのでしょう。
結局《けっきょく》、メイは死《し》んでしまったのです。
でも、メイの魂《たましい》はこの世《よ》に残《のこ》り、携帯電話《けいたいでんわ》で友《とも》だちをさがしていたようですね。
そして、メイは手《て》に入《い》れたのです。

永遠《えいえん》にいっしょにいることができる友《とも》だちを……………。
メールは便利《べんり》なものですが、危険《きけん》もひそんでいます。
皆《みな》さんも見知《みし》らぬ相手《あいて》とメールをするのは気《き》をつけて。
やりとりしている相手《あいて》が、この世《よ》にいるとは限《かぎ》らないのですから。

絶叫学級《ぜっきょうがっきゅう》

82時間目《じかんめ》

午前《ごぜん》〇《レイ》時《じ》の旧校舎《きゅうこうしゃ》

プロローグ

こんにちは。
さあ、八十二時間目《じかんめ》の授業《じゅぎょう》を始《はじ》めましょう。
皆《みな》さんの学校《がっこう》には、怖《こわ》い都市伝説《としでんせつ》はありますか？
夜中《よなか》に鳴《な》る音楽室《おんがくしつ》のピアノ。
歩《ある》きまわる理科室《りかしつ》の人体模型《じんたいもけい》。
一段《だん》多《おお》くなる階段《かいだん》に、トイレの花子《はなこ》さん。
そんな都市伝説《としでんせつ》があると、たしかめてみたくなりませんか？
階段《かいだん》の数《かず》を数《かぞ》えたり、トイレの花子《はなこ》さんがいるという個室《こしつ》に入《はい》ってみたり……。
えっ？　そんな話《はなし》が本当《ほんとう》だったことはない？
たしかに、誰《だれ》かが人《ひと》をからかうために作《つく》りだした作《つく》り話《ばなし》の可能性《かのうせい》もありますね。

でも、すべてがそうなのでしょうか？
中《なか》には科学《かがく》では解明《かいめい》できないホンモノの謎《なぞ》もあるようですよ。
今回《こんかい》は、そんなホンモノの都市伝説《としでんせつ》のお話《はなし》です。

大《おお》みそかの午後《ご ご》十時《じゅうじ》三十分《さんじゅっぷん》。

香山舞子《かやままいこ》はあごのあたりで切《き》りそろえた髪《かみ》を夜風《よかぜ》にゆらしながら、小学校《しょうがっこう》の校門《こうもん》の前《まえ》に立《た》っていた。周囲《しゅうい》の景色《けしき》は暗《くら》く、空《そら》には、ぽっかりと月《つき》が浮《う》かんでいる。そのあわい光《ひかり》が、アスファルトに影《かげ》を作《つく》っていた。

舞子《まいこ》は黒目《くろめ》がちの目《め》で、旧校舎《きゅうこうしゃ》をにらみつける。

「ね、ねぇ、舞子《まいこ》ちゃん」

友《とも》だちの乃愛《のあ》が、舞子《まいこ》のコートをつかんだ。乃愛《のあ》は舞子《まいこ》と同《おな》じ六年《ねん》二組《くみ》。読書好《どくしょず》きの女《おんな》の子《こ》だ。

「やっぱり、やめたほうがいいよ。夜《よる》に学校《がっこう》にしのびこむなんて」

「そうだよ」

となりにいたユリも、乃愛《のあ》の言葉《ことば》に同意《どうい》する。ユリも舞子《まいこ》の友《とも》だちだ。髪《かみ》をセンターでわけていて、メガネをかけている。

「こんな時間《じかん》に小学生《しょうがくせい》だけででかけてるってわかったら、親《おや》に怒《おこ》られちゃうって」

「いいの。もう、きめたことだから」

舞子《まいこ》は校門《こうもん》の先《さき》にある四階《かい》建《だ》ての旧校舎《きゅうこうしゃ》を見《み》あげた。

（ここでやめたら意味《いみ》がない。私《わたし》は旧校舎《きゅうこうしゃ》のユーレイに願《ねが》いをかなえてもらうんだ！）

十日前《とおかまえ》の放課後《ほうかご》。

昇降口《しょうこうぐち》の下駄箱《げたばこ》の前《まえ》で、舞子《まいこ》は乃愛《のあ》とおしゃべりをしていた。

「舞子《まいこ》ちゃんは、旧校舎《きゅうこうしゃ》の都市伝説《としでんせつ》知ってる？」

「旧校舎《きゅうこうしゃ》？」

舞子《まいこ》は首《くび》をかしげる。

「旧校舎《きゅうこうしゃ》って、体育館《たいいくかん》の近《ちか》くにある？」

「そう。あの旧校舎《きゅうこうしゃ》に女《おんな》の子《こ》のユーレイがでるんだ」

「ユーレイ?」

「うん。しかも、それだけじゃないんだ。大《おお》みそかの夜《よる》の午前《ごぜん》〇時《レイじ》に、そのユーレイに願《ねが》いごとを言《い》うと、どんなことでもかなえてくれるんだって」

「えっ! そんな都市伝説《としでんせつ》があるの?」

舞子《まいこ》の瞳《ひとみ》がきらきらと輝《かがや》いた。

「どんな願《ねが》いでもかなえてくれるのかな。たとえば、百万円《ひゃくまんえん》ちょうだいとか」

「お金《かね》ほしいの?」

「だって、お金《かね》があれば、好《す》きな漫画《まんが》もゲームも手《て》に入《はい》るし。あと、おいしいお菓子《かし》も食《た》べ放題《ほうだい》だよ」

「あーっ、舞子《まいこ》ちゃんは甘《あま》い物《もの》大好《だいす》きだもんね」

「うんっ!」

舞子《まいこ》は唇《くちびる》をぺろりとなめた。

「みらい堂《どう》のクッキーが最高《さいこう》においしいんだよ。でも、あれ高《たか》くてさー。ママもあんまり買《か》ってくれないんだ。だけど、百万円《ひゃくまんえん》あれば、毎日《まいにち》だって食《た》べられるし」

「あのクッキーはたしかにおいしいよね。やわらかくて、口《くち》の中《なか》でとける感《かん》じがして」

「そうそう。あれなら、一箱《ひとはこ》余裕《よゆう》で食《た》べられるよ」

「えーっ、それは食《た》べすぎだって」

「だって、おいしいんだもん。あれがあれば、ごはんなんていらなーい」

「おいっ！」

その時《とき》、背後《はいご》から男《おとこ》の子《こ》の声《こえ》が聞《き》こえた。

振《ふ》り返《かえ》ると、同《おな》じクラスの秋斗《あきと》がいた。秋斗《あきと》は整《ととの》った顔《かお》をゆがませて、舞子《まいこ》をにらんでいる。

「下駄箱《げたばこ》の前《まえ》でしゃべってるんじゃねぇよ。ジャマだよ」

秋斗《あきと》は舞子《まいこ》を押《お》しのけて、靴《くつ》をはきかえた。

その態度《たいど》に、舞子《まいこ》の眉《まゆ》が吊《つ》りあがる。

「ちょっと、そんな言《い》い方《かた》ないでしょ！　ジャマって何《なに》よ！」

「そのまんまの意味《いみ》だよ」

切《き》れ長《なが》の目《め》をわずかに細《ほそ》めて、秋斗《あきと》は舞子《まいこ》を見《み》る。

「ユーレイが願《ねが》いをかなえるわけないだろ。つーか、ユーレイなんているはずないだろ」

「そっ、そんなのわかんないよ。心霊写真《しんれいしゃしん》や動画《どうが》の特集《とくしゅう》とか、テレビでやってるじゃん。あれってユーレイがいる証拠《しょうこ》でしょ！」

「あんなの合成《ごうせい》にきまってる」

秋斗《あきと》はあきれた顔《かお》で肩《かた》をすくめた。

「ほんと、おまえって、くだらない生《い》き物《もの》だな」

「は、はぁ？　私《わたし》のどこがくだらないの？」

舞子《まいこ》の口調《くちょう》が荒《あら》くなった。

「あんたのほうがダメな生《い》き物《もの》だから。すぐに怒《おこ》るしさ」

「怒《おこ》らせるようなことをおまえがやるからだろ」

「下駄箱《げたばこ》の前《まえ》でおしゃべりするぐらいいいじゃん！」

「それだけじゃねぇよ。教室《きょうしつ》でバカみたいなこと大声《おおごえ》で話《はな》してうるさいし、給食《きゅうしょく》の食《く》い方汚《かたきたな》いし」

「う………」

何《なに》も言《い》い返《かえ》せなくなり、舞子《まいこ》は唇《くちびる》をかむ。

「ほんと、頭《あたま》の悪《わる》いやつと話《はな》すと疲《つか》れるよ」

そう言《い》って、秋斗《あきと》は校舎《こうしゃ》からでていった。


「何《なに》、あいつ……………」

舞子《まいこ》はこぶしをぶるぶると震《ふる》わせた。

「あんなこと言《い》うなんて、ほんと、最悪《さいあく》の男子《だんし》だよ！」

「でも、下駄箱《げたばこ》の前《まえ》でしゃべってた私《わたし》たちも悪《わる》いし」

乃愛《のあ》は、校門《こうもん》にむかって歩《ある》いていく秋斗《あきと》のうしろ姿《すがた》を見《み》つめる。

「秋斗《あきと》くんってモテるんだよね」

「えーっ？　あいつがモテる？」

「うん。麻美《あさみ》と鈴子《すずこ》は秋斗《あきと》くんが好《す》きだし、となりのクラスにも秋斗《あきと》くんのこと好《す》きな女子《じょし》が何人《なんにん》かいるよ。口《くち》は悪《わる》いけど、秋斗《あきと》くんはかっこいいから」

「あ、ありえない。あいつ、私《わたし》の五十点《ごじゅってん》のテストの答案用紙《とうあんようし》見《み》て、『よく、そんな知能《ちのう》ではずかしくないな』って言《い》ったんだよ。他《ほか》にも『服《ふく》のセンスが悪《わる》い』とか『そうじが下《へ》手《た》』とか、文句《もんく》ばっかりで」

「相性《あいしょう》が悪《わる》いのかもね」

「もう、絶対《ぜったい》ゆるさないんだから！」

舞子《まいこ》はぎりぎりと奥歯《おくば》を鳴《な》らした。

「こうなったら、旧校舎《きゅうこうしゃ》のユーレイにたのんで、あいつをこの世《よ》から消《け》してやる！」

「えーっ？　それはダメだよ！　いくらなんでも、やりすぎだって！」

「私《わたし》はやると言《い》ったらやるの！　だから、大《おお》みそかの夜《よる》は乃愛《のあ》ちゃんもつきあってね。あと、ユリちゃんも呼《よ》ぶから」

「それって、真夜中《まよなか》に旧校舎《きゅうこうしゃ》に行《い》くってこと？」

「うん。都市伝説《としでんせつ》をたしかめるためにもちょうどいいし」

そう言《い》って、舞子《まいこ》はぎりぎりと歯《は》を鳴《な》らした。

（あんなやつ、うちのクラスにいないほうがいいんだ！）

「じゃあ、行《い》ってくるから」

舞子《まいこ》は閉《し》まっている門《もん》をのりこえ、学校《がっこう》の敷地《しきち》に入《はい》った。背負《せお》っていたリュックが軽《かる》くゆれる。

「本当《ほんとう》に行《い》くの?」

乃愛《のあ》が心配《しんぱい》そうな顔《かお》で舞子《まいこ》に声《こえ》をかける。

「もちろんだよ。そのために、旧校舎《きゅうこうしゃ》のろうかの窓《まど》を、こっそり開《あ》けておいたんだから」

「それなら、ルールを絶対《ぜったい》に守《まも》ってね」

「ルール?」

「ほら、前《まえ》に話《はな》したでしょ。『絶対《ぜったい》に悲鳴《ひめい》をあげないこと』って。この旧校舎《きゅうこうしゃ》には、いろんなユーレイがいて、悪《わる》いユーレイは人間《にんげん》の悲鳴《ひめい》が大好物《だいこうぶつ》なんだよ。もし、悲鳴《ひめい》を聞《き》かれたら、あの世《よ》につれていかれちゃうんだから」

「あ、そうだったね。わかった。気《き》をつけるよ」

舞子《まいこ》は乃愛《のあ》たちに手《て》を振《ふ》って、旧校舎《きゅうこうしゃ》にむかった。

そっとろうかの窓《まど》に近《ちか》づき、左手《ひだりて》を伸《の》ばす。窓《まど》はかすかな音《おと》をたてて開《ひら》いた。

「よし！　これで中《なか》に入《はい》れる」

舞子《まいこ》は身軽《みがる》な動《うご》きで校舎《こうしゃ》の中《なか》に入《はい》った。ろうかは暗《くら》く、しんと静《しず》まり返《かえ》っている。

舞子《まいこ》のノドがうねるように動《うご》いた。

「………や、やっぱり、夜《よる》の学校《がっこう》って不気味《ぶきみ》だな」

あたりを見《み》まわすと、壁《かべ》の一部《いちぶ》にひびが入《はい》っているのが見《み》えた。

（この旧校舎《きゅうこうしゃ》は五十年《ごじゅうねん》以上《いじょう》も前《まえ》に建《た》てられてたんだっけ………）

「とにかく、女《おんな》の子《こ》のユーレイがいる場所《ばしょ》をさがさないと」

舞子《まいこ》は一階《いっかい》のろうかを歩《ある》きだした。

（午前〇時《ごぜんレイじ》までに、女《おんな》の子《こ》を見《み》つけないと意味《いみ》がない。今《いま》が、えーと………）

リュックから携帯電話《けいたいでんわ》をとりだし、時間《じかん》を確認《かくにん》すると、午後十時五十分《ごごじゅうじごじゅっぷん》だった。

「あと一時間《じかん》ちょっとか」

舞子《まいこ》は携帯電話《けいたいでんわ》をコートのポケットに入《い》れて、足《あし》を速《はや》めた。

三十分後《さんじゅっぷんご》、二階《かい》の教室《きょうしつ》で舞子《まいこ》はひたいの汗《あせ》をぬぐった。

「ここにも、いないか…………」

舞子《まいこ》の眉間《みけん》に深《ふか》いしわができる。

(一階《いっかい》と二階《かい》はチェックしたから、残《のこ》りは三階《かい》と四階《かい》だね)

「ちょっと休憩《きゅうけい》しよう」

舞子《まいこ》は窓際《まどぎわ》に移動《いどう》して、背負《せお》っていたリュックを机《つくえ》の上《うえ》においた。その中《なか》から、箱《はこ》に入《はい》ったクッキーをとりだす。

「おやつ準備《じゅんび》しておいてよかった」

透明《とうめい》の袋《ふくろ》を破《やぶ》いて、クッキーを口《くち》の中《なか》に放《ほう》りこむ。

「…………んんーっ、やっぱり、みらい堂《どう》のクッキーはおいしいな」

そう言《い》いながら、窓《まど》の外《そと》をながめる。

校門《こうもん》の前《まえ》に乃愛《のあ》とユリが立《た》っているのが見《み》えた。

(そうだ。ふたりに電話《でんわ》しておこう。心配《しんぱい》してるといけないし)

ポケットから携帯電話《けいたいでんわ》をとりだして操作《そうさ》する。

「えーと…………乃愛《のあ》ちゃんの名字《みょうじ》は飯田《いいた》だから、あ行《ぎょう》に登録《とうろく》してたはず…………」

液晶画面《えきしょうがめん》に『飯田乃愛《いいたのあ》』の文字《もじ》が表示《ひょうじ》された。

「よし！　あった！」

通話《つうわ》ボタンを押《お》して電話《でんわ》をかけた瞬間《しゅんかん》、なぜか画面《がめん》が真《ま》っ暗《くら》になった。

「あれ？　変《へん》だな。ちゃんと充電《じゅうでん》してたのに」

電源《でんげん》ボタンを何度《なんど》か押《お》してみるが、反応《はんのう》がない。

「もうっ、どうして、こんな時《とき》に………」

その時《とき》、ろうかから足音《あしおと》が聞《き》こえてきた。

「え………？」

舞子《まいこ》の唇《くちびる》が半開《はんびら》きのまま、かたまった。

(そんなバカな。こんな時間《じかん》に、どうして足音《あしおと》がするの？)

舞子《まいこ》はぎこちない動《うご》きで振《ふ》り返《かえ》り、ろうかを見《み》る。その目《め》が大《おお》きく開《ひら》かれた。

教室《きょうしつ》の扉《とびら》のあたりに、スーツ姿《すがた》の背《せ》の高《たか》い男《おとこ》が歩《ある》いていた。男《おとこ》の首《くび》はがくりと折《お》れていて、頭《あたま》が真横《まよこ》にむいている。

男《おとこ》はぼろぼろの学級日誌《がっきゅうにっし》を持《も》って、ふらふらと上半身《じょうはんしん》をゆらしている。

声《こえ》をださないように口元《くちもと》を手《て》で押《お》さえて、舞子《まいこ》は机《つくえ》の下《した》にかくれた。

（何《なに》………あれ？）

舞子《まいこ》の歯《は》がカチカチと音《おと》をたてる。

（人間《にんげん》じゃ………ない。だって、あんなに首《くび》が曲《ま》がって………）

よく見《み》ると、男《おとこ》のスーツには赤黒《あかぐろ》い血《ち》のようなものがついている。

（もしかして、先生《せんせい》のユーレイ？）

男《おとこ》はかくれている舞子《まいこ》に気《き》づかなかったのか、そのまま、通《とお》りすぎていった。

舞子《まいこ》はとめていた息《いき》を一気《いっき》にはきだす。

（この旧校舎《きゅうこうしゃ》には悪《わる》いユーレイがいて、人間《にんげん》の悲鳴《ひめい》が大好物《だいこうぶつ》って乃愛《のあ》ちゃんが言《い》ってた。もし、悲鳴《ひめい》をあげてたら、やばかったかもしれない）

いやな汗《あせ》をかいて、舞子《まいこ》はぶるりと体《からだ》を震《ふる》わせた。


「どうしよう。舞子《まいこ》ちゃん、電話《でんわ》にでないよ」

校門《こうもん》の前《まえ》にいる乃愛《のあ》は、携帯電話《けいたいでんわ》を耳《みみ》にあて、あせった声《こえ》をだした。

「旧校舎《きゅうこうしゃ》の中《なか》で何《なに》かあったのかな」

となりにいるユリが校門《こうもん》に手《て》をかけて、旧校舎《きゅうこうしゃ》を見《み》あげる。

「悪《わる》いユーレイにつかまっているのかもしれない」

「もし、そうなら助《たす》けに行《い》かないと」

「えっ？　私《わたし》たちも旧校舎《きゅうこうしゃ》に入《はい》るの？」

ユリの顔《かお》が恐怖《きょうふ》でゆがんだ。

「無理《むり》だって。そんなことができるんなら、最初《さいしょ》から舞子《まいこ》ちゃんといっしょに旧校舎《きゅうこうしゃ》に行《い》ってるよ」

「だけど、このままじゃ………」

「あれ、乃愛《のあ》たちじゃん」

その時《とき》、男《おとこ》の子《こ》が乃愛《のあ》たちに近《ちか》づいてきた。男《おとこ》の子《こ》は同《おな》じクラスの裕太《ゆうた》だった。裕太《ゆうた》のうしろには秋斗《あきと》の姿《すがた》もある。

「おまえら、何《なに》やってんの？」

裕太《ゆうた》がふしぎそうな顔《かお》で乃愛《のあ》に聞《き》いた。

「もしかして、俺《おれ》たちと同《おな》じ初詣《はつもうで》とか？」

「ちっ、ちがうの。舞子《まいこ》ちゃんが大変《たいへん》なことになって」

「大変《たいへん》なこと？」

「おいっ！」

秋斗《あきと》が乃愛《のあ》に顔《かお》を近《ちか》づけた。

「くわしく話《はな》してみろ」

「う、うん」

乃愛《のあ》は、旧校舎《きゅうこうしゃ》の中《なか》の舞子《まいこ》と連絡《れんらく》がとれなくなっていることを秋斗《あきと》たちに話《はな》した。

話《はなし》を聞《き》きおえた秋斗《あきと》は、短《みじか》く舌打《したう》ちをした。

「ったく、これだから、あいつは…………」

ぶつぶつと文句《もんく》を言《い》いながら、校門《こうもん》に手《て》をかけた。

「お、おい、秋斗《あきと》」

裕太《ゆうた》が秋斗《あきと》のジャケットをつかむ。

「おまえ、何《なに》やってるんだ？」

「あいつをつれもどしに行《い》ってくる」

そう言《い》って、秋斗《あきと》は校門《こうもん》を一気《いっき》に飛《と》びこえる。

「一時間《じかん》たって、俺《おれ》も戻《もど》ってこなかったら、警察《けいさつ》に連絡《れんらく》してくれ」

秋斗《あきと》は旧校舎《きゅうこうしゃ》にむかって走《はし》りだした。


ズリ…………ズリ…………ズリ…………。

不気味《ぶきみ》な音《おと》が聞《き》こえてきて、舞子《まいこ》はあわてて教卓《きょうたく》の下《した》にかくれた。

(何《なに》…………この音《おと》？　何《なに》か重《おも》いものを引《ひ》きずっているような)

音《おと》はどんどん大《おお》きくなる。

(誰《だれ》かが教室《きょうしつ》に入《はい》ってきた？)

ズリ…………ズリ…………ズリ…………。

(こっちに近《ちか》づいてくる。でも、何《なに》が？)

すると、教卓《きょうたく》の上《うえ》から、どろりとした透明《とうめい》の液体《えきたい》が降《ふ》ってきた。

「え…………？」

舞子《まいこ》は首《くび》を動《うご》かして、上《うえ》を見《み》た。

そこには、巨大《きょだい》な女《おんな》の顔《かお》があった。顔《かお》は一メートル以上《いじょう》あり、裂《さ》けた口《くち》から、だらだらと唾液《だえき》をたらしている。

「ひ…………」

舞子《まいこ》は悲鳴《ひめい》をのみこんで、教卓《きょうたく》の下《した》から這《は》いだした。腰《こし》をかがめたまま走《はし》り、教室《きょうしつ》から逃《に》げだした。

走《はし》りながら振《ふ》り返《かえ》ると、教室《きょうしつ》の扉《とびら》から上半身《じょうはんしん》をだしている女《おんな》の姿《すがた》が見《み》えた。女《おんな》の体《からだ》は巨《きょ》大《だい》で、立《た》ちあがることができないようだ。

女《おんな》の不気味《ぶきみ》な笑《え》みを見《み》て、舞子《まいこ》の両腕《りょううで》に鳥肌《とりはだ》がたった。

(やばい。こいつも悪《わる》いユーレイなのかもしれない。とにかく、今《いま》は逃《に》げないと)

舞子《まいこ》は無人《むじん》のろうかを走《はし》り抜《ぬ》け、三階《かい》につづく階段《かいだん》をかけあがった。

秋斗《あきと》はきょろきょろと周囲《しゅうい》を見《み》まわしながら、二階《かい》のろうかを歩《ある》いていた。

「あいつ…………どこにいるんだ?」

そうつぶやきながら、教室《きょうしつ》の扉《とびら》を開《あ》ける。

すると、窓際《まどぎわ》の席《せき》に中学生《ちゅうがくせい》ぐらいの女《おんな》の子《こ》が座《すわ》っているのが見《み》えた。女《おんな》の子《こ》はセーラー服《ふく》を着《き》ていて、腰《こし》まで届《とど》くような長《なが》い髪《かみ》をしていた。

その足元《あしもと》は白《しろ》い霧《きり》のようなものでおおわれていて、下半身《かはんしん》が見《み》えない。

(あれ？　なんで中学生《ちゅうがくせい》が小学校《しょうがっこう》の旧校舎《きゅうこうしゃ》にいるんだろう？　しかも、こんな時間《じかん》に)

「あっ、あの、小学生《しょうがくせい》の女《おんな》の子《こ》を見《み》かけませんでしたか？」

秋斗《あきと》が質問《しつもん》すると、女《おんな》の子《こ》は白《しろ》い手《て》で天井《てんじょう》を指《ゆび》さした。

「上《うえ》……三階《かい》か四階《かい》ってことか」

秋斗《あきと》は天井《てんじょう》を見《み》あげた。

「ありがとうございま……あ……」

視線《しせん》を戻《もど》すと、女《おんな》の子《こ》の姿《すがた》は消《き》えていた。

「……マジかよ」

呆然《ぼうぜん》とした顔《かお》をして、秋斗《あきと》は女《おんな》の子《こ》が座《すわ》っていたはずの席《せき》を見《み》つめた。

三階《かい》の教室《きょうしつ》で、舞子《まいこ》はロッカーを背《せ》にして、しゃがみこんでいた。

ズリ……ズリ……ズリ……。

ろうかから、巨大《きょだい》な女《おんな》が動《うご》いている音《おと》が聞《き》こえてくる。

（まだ、あいつがいる。これじゃあ、逃《に》げだせないよ）

舞子《まいこ》は親指《おやゆび》の爪《つめ》を強《つよ》くかんだ。

（携帯電話《けいたいでんわ》はつながらないし、三階《かい》からじゃ飛《と》びおりることもできない。どうすればいいんだろう）

舞子《まいこ》の目《め》に涙《なみだ》が浮《う》かぶ。

（女《おんな》の子《こ》のユーレイも見《み》つからないし、こんなところに来《く》るんじゃなかった。お気《き》に入《い》りのリュックも二階《かい》の教室《きょうしつ》においてきちゃったし。あ、みらい堂《どう》のクッキーもだ。まだ、いっぱい残《のこ》ってたのに……）

足元《あしもと》に涙《なみだ》がぽたりと落《お》ちた。

（私《わたし》は女《おんな》の子《こ》のユーレイに願《ねが》いをかなえてもらいたかっただけなのに……）

「おいっ！」

突然《とつぜん》、声《こえ》がして、舞子《まいこ》は秋斗《あきと》に肩《かた》をつかまれた。

「あ…………秋斗《あきと》…………」

舞子《まいこ》は赤《あか》くなった目《め》で秋斗《あきと》を見《み》つめる。

「ホ、ホンモノの秋斗《あきと》なの？」

「当《あ》たり前《まえ》だろ」

秋斗《あきと》は舞子《まいこ》の頭《あたま》を軽《かる》くたたいた。

「おまえ、何《なに》やってんだ？　乃愛《のあ》たちが心配《しんぱい》してたぞ」

「何《なに》って…………」

舞子《まいこ》は口《くち》をもごもごと動《うご》かす。

「もういい。さっさと帰《かえ》るぞ」

「…………」

「ほら、早《はや》く立《た》てよ」

「…………立《た》てない」

「はぁ？　何言《なにい》ってるんだ？」

「こ………腰《こし》が抜《ぬ》けちゃって」

舞子《まいこ》はぺたりと腰《こし》を床《ゆか》につけたまま、秋斗《あきと》を見《み》あげる。

「おまえなぁ…………」

「だっ、だって、しょうがないでしょ！　ここ、変《へん》なのがいっぱいいて、叫《さけ》ぶこともできなかったんだから」

「あーっ、旧校舎《きゅうこうしゃ》の都市伝説《としでんせつ》のルールか」

「本当《ほんとう》に見《み》たんだよ。首《くび》が折《お》れた男《おとこ》の人《ひと》とか、巨大《きょだい》な女《おんな》の人《ひと》とか」

「…………それは否定《ひてい》しねぇよ。俺《おれ》もさっき女《おんな》の子《こ》のユーレイに会《あ》ったからな」

「えっ？　女《おんな》の子《こ》のユーレイ？」

舞子《まいこ》は目《め》を大《おお》きく見開《みひら》いた。

「それって、願《ねが》いをかなえてくれるユーレイかもしれない」

「そんなこと、今《いま》はどうだっていいだろ。ほらっ！」

秋斗《あきと》は舞子《まいこ》に背《せ》をむけて、しゃがみこんだ。

「え？　何《なに》してんの？」

「おんぶだよ。このカッコでわかるだろ」

「…………おんぶって、あんたが私《わたし》を背負《せお》うってこと？」

「しょうがないだろ。おまえが動《うご》けないんだから。それとも、ここにおいていったほうがいいのか？」

「う…………」

舞子《まいこ》は暗《くら》い教室《きょうしつ》を見《み》まわす。

「本当《ほんとう》にいいの？」

「いいから、さっさとしろ！」

秋斗《あきと》にうながされて、舞子《まいこ》は秋斗《あきと》におぶさった。秋斗《あきと》のうしろ髪《がみ》が舞子《まいこ》のほおにあたる。

舞子《まいこ》を背負《せお》ったまま、秋斗《あきと》は教室《きょうしつ》をでる。ろうかには何《なに》もいなかった。窓《まど》から射《さ》しこむ月明《つきあ》かりが床《ゆか》を照《て》らしている。

「よし！　今《いま》のうちに下《した》に行《い》くぞ」

秋斗《あきと》は早足《はやあし》で歩《ある》きだす。

「ねぇ………秋斗《あきと》」

「なんだよ」

「………重《おも》くてごめん」

「別《べつ》に重《おも》くなんかねぇよ」

「………そ、それならいいんだけど」

自分《じぶん》の顔《かお》が熱《あつ》くなっているのがわかった。

(意外《いがい》。こいつが私《わたし》に優《やさ》しくしてくれるなんて………)

「そういや、舞子《まいこ》」

秋斗《あきと》が階段《かいだん》をおりながら、口《くち》を開《ひら》いた。

「おまえ、なんの願《ねが》いごとをするつもりだったんだよ?」

「あ………そっ、それは………」

その質問《しつもん》に答《こた》えることができずに、舞子《まいこ》は秋斗《あきと》から顔《かお》をそむけた。

(あんたをこの世《よ》から消《け》してくださいって、女《おんな》の子《こ》のユーレイにたのもうと思《おも》ってたなんて言《い》えない)

「……まあ、どうでもいいけどな。それにしても、おまえたちも、うちの姉《ねえ》ちゃんと同《おな》じだな」

「同《おな》じって？」

「旧校舎《きゅうこうしゃ》の都市伝説《としでんせつ》を信《しん》じてるってことだよ。俺《おれ》も姉《ねえ》ちゃんが話《はな》してたのを聞《き》いたことがあったから」

「えっ？　じゃあ、秋斗《あきと》も都市伝説《としでんせつ》のこと知《し》ってたんだ」

「ああ。いろいろルールがあるんだろ？　悲鳴《ひめい》をあげたらダメとか……他《ほか》にも何《なに》かあったな」

「他《ほか》にもルールがあるんだ」

「ああ。たしか、女《おんな》の子《こ》のユーレイはきまぐれで、絶対《ぜったい》に願《ねが》いをかなえてくれるわけじゃないんだ」

「え？　そうなの？」

「ああ。だから、必《かなら》ずかなえてもらうために…………」

その時《とき》、上《うえ》から変《へん》な音《おと》が聞《き》こえてきた。

ズルッ……ズルッ……ズルッ……。

階段《かいだん》の踊《おど》り場《ば》で、秋斗《あきと》と舞子《まいこ》は視線《しせん》を上《うえ》にむける。

(何《なに》、この音《おと》。あの巨大《きょだい》な女《おんな》とはちがう。もっと、小《ちい》さなものが動《うご》いている)

不気味《ぶきみ》な音《おと》はどんどん大《おお》きくなり、両手《りょうて》を床《ゆか》についた髪《かみ》の長《なが》い女《おんな》が姿《すがた》を見《み》せた。

女《おんな》は枯《か》れ木《き》のような肌《はだ》をしていて、首《くび》が異様《いよう》に長《なが》い。立《た》ちあがれば、背丈《せたけ》は二メートル以上《いじょう》ありそうだ。

その目《め》は真《ま》っ白《しろ》で、瞳《ひとみ》の部分《ぶぶん》がなかった。

「あ…………」

半開《はんびら》きになった舞子《まいこ》の唇《くちびる》が色《いろ》を失《うしな》った。秋斗《あきと》も青白《あおじろ》い顔《かお》で女《おんな》を見《み》つめている。

女《おんな》は両手《りょうて》を階段《かいだん》につけて、ゆっくりと舞子《まいこ》たちに近《ちか》づいてくる。

「舞子《まいこ》、もう走《はし》れそうか?」

「う、うん」

「なら、逃《に》げるぞ」

秋斗《あきと》は舞子《まいこ》をおろして、階段《かいだん》をおりはじめる。舞子《まいこ》もそれにつづいた。二階《かい》を通《とお》りすぎ、一階《いっかい》にむかう階段《かいだん》をかけおりる。

「あ、あれっ？」

舞子《まいこ》の足《あし》がとまった。

「おいっ、どうしたんだ？」

「まだ、下《した》にいく階段《かいだん》があるよ。旧校舎《きゅうこうしゃ》に地下《ちか》なんてないのに」

ろうかの窓《まど》を見《み》ると、外《そと》の景色《けしき》は二階《かい》の窓《まど》から見《み》えるながめと同《おな》じだった。

「とにかく、おりるんだ！」

「う、うん！」

舞子《まいこ》と秋斗《あきと》はさらに階段《かいだん》をおりた。しかし、階段《かいだん》はまだつづいている。

「どうなってるの？　一階《いっかい》におりられないなんて……」

「ちっ！　こうなったら」

秋斗《あきと》がろうかの窓《まど》にかけ寄《よ》り、カギを開《あ》ける。しかし……。

「なんだ、これ。窓《まど》が開《あ》かない」

ズルッ……ズルッ……ズルッ……。

髪《かみ》の長《なが》い女《おんな》が階段《かいだん》を這《は》うようにしておりてきた。

「舞子《まいこ》、こっちだ！」

秋斗《あきと》は舞子《まいこ》の手《て》をとり、ろうかを一気《いっき》に走《はし》り抜《ぬ》ける。

反対側《はんたいがわ》の階段《かいだん》から一階《いっかい》におりようとしたが、一階《いっかい》につづく階段《かいだん》の踊《おど》り場《ば》には、首《くび》の折《お》れた男《おとこ》が立《た》っていた。

男《おとこ》は舞子《まいこ》たちを見《み》ると、ふらふらと上半身《じょうはんしん》をゆらして、階段《かいだん》をあがってくる。

「しょうがない。上《うえ》に行《い》くぞ」

「わっ、わかった！」

ふたりは階段《かいだん》をあがって、四階《かい》の教室《きょうしつ》に逃《に》げこんだ。


「どっ、どうなってんの？」

荒《あら》い息《いき》を整《ととの》えながら、舞子《まいこ》は窓《まど》に近《ちか》づいた。窓《まど》を開《あ》けようとしたが、接着剤《せっちゃくざい》でくっついているかのように窓《まど》は開《あ》かない。

「スマホも通《つう》じないな」

秋斗《あきと》は画面《がめん》が真《ま》っ暗《くら》になったスマートフォンを見《み》て、舌打《したう》ちをする。

「旧校舎《きゅうこうしゃ》の中《なか》に閉《と》じこめられたってことか」

「そんな………」

ふきだした汗《あせ》が一気《いっき》に冷《ひ》える。

（どうすればいいの？　このままじゃ、いつか悪《わる》いユーレイにつかまっちゃう）

舞子《まいこ》は秋斗《あきと》をちらりと見《み》る。

（秋斗《あきと》まで巻《ま》きこんじゃった。全部《ぜんぶ》、私《わたし》のせいだ）

突然《とつぜん》、秋斗《あきと》の背後《はいご》に髪《かみ》の長《なが》い女《おんな》が現《あらわ》れた。

「ひっ、ひいっ！」

思《おも》わず、舞子《まいこ》は悲鳴《ひめい》をあげた。

「あ………」

舞子《まいこ》はあわてて口元《くちもと》を両手《りょうて》で押《お》さえる。

（しまった。悲鳴《ひめい》は絶対《ぜったい》にあげたらダメだったのに………）

「悲鳴《ひめい》をあげたな………」

女《おんな》の口《くち》が裂《さ》けるように広《ひろ》がった。

「ひ、ひひひっ…………ひひひひ…………」

女《おんな》は細《ほそ》い手《て》で秋斗《あきと》の首《くび》に手《て》をかける。

「ぐうっ！」

秋斗《あきと》の顔《かお》が苦痛《くつう》にゆがんだ。

「秋斗《あきと》っ！」

助《たす》けようとした舞子《まいこ》の前《まえ》に黒《くろ》い影《かげ》のようなものが飛《と》びだしてきた。影《かげ》はうねうねと動《うご》きながら、舞子《まいこ》に近《ちか》づいてくる。舞子《まいこ》は唇《くちびる》を強《つよ》くかんだ。

（また、別《べつ》のユーレイがでてきた。このままじゃ、私《わたし》たち…………あの世《よ》につれていかれて………）

その時《とき》、教室《きょうしつ》のすみにセーラー服《ふく》を着《き》た女《おんな》の子《こ》がいることに気《き》づいた。女《おんな》の子《こ》は舞子《まいこ》が持《も》ってきたクッキーの箱《はこ》を手《て》にしている。

（もしかして、あの子《こ》が願《ねが》いをかなえてくれるユーレイ？）

視線《しせん》を動《うご》かすと、黒板《こくばん》の上《うえ》に円形《えんけい》の時計《とけい》が見《み》えた。時計《とけい》の針《はり》は十一時《じゅういちじ》五十九分《ごじゅうきゅうふん》を指《さ》している。秒針《びょうしん》が動《うご》き、すべての針《はり》が真上《まうえ》をむいた。

「おっ、お願《ねが》い！」

舞子《まいこ》は大《おお》きな声《こえ》で叫《さけ》んだ。

「私《わたし》たちを助《たす》けて！」

一瞬《いっしゅん》、女《おんな》の子《こ》が笑《わら》ったような気《き》がした。

同時《どうじ》に、周囲《しゅうい》が真《ま》っ白《しろ》になった。痛《いた》みを感《かん》じるようなまぶしさに、舞子《まいこ》は強《つよ》く目《め》を閉《と》じる。

数秒後《すうびょうご》、きつく閉《と》じていたまぶたを開《ひら》いた。

そこは、旧校舎《きゅうこうしゃ》の前《まえ》の校庭《こうてい》だった。

「えっ？　で、でられた？」

舞子《まいこ》はぽかんと口《くち》を開《あ》けたまま、周囲《しゅうい》を見《み》まわす。さっきまでいた長《なが》い髪《かみ》の女《おんな》や黒《くろ》い影《かげ》の姿《すがた》もない。

「た、助《たす》かった……」

「みたいだな」

秋斗《あきと》がひたいに浮《う》かんだ汗《あせ》をぬぐった。

「もしかして、あの女《おんな》の子《こ》が持《も》ってたクッキー、おまえのか？」

「あ、う、うん。二階《かい》の教室《きょうしつ》におき忘《わす》れたやつだと思《おも》う」

「そのおかげかもな」

「そのおかげ？」

「女《おんな》の子《こ》のユーレイにおみやげを持《も》っていくと、必《かなら》ず願《ねが》いをかなえてくれるんだよ」

「必《かなら》ず………」

「きっと、おまえのクッキーを気《き》に入《い》ってくれたんだろうな」

秋斗《あきと》はふっとほおをゆるめる。

「おまえのお菓子《かし》好《ず》きが役《やく》にたったな。助《たす》かったよ」

その言葉《ことば》に、舞子《まいこ》の胸《むね》が痛《いた》みを感《かん》じた。

「ごっ、ごめん、秋斗《あきと》」

「ごめん？」

「わっ、私《わたし》が最初《さいしょ》に言《い》おうとしてた願《ねが》いごとは………」

舞子《まいこ》の言葉《ことば》が途切《とぎ》れる。

「じつは……あんたを……」

「もう、いいよ」

秋斗《あきと》は舞子《まいこ》の肩《かた》を軽《かる》くたたいた。

「俺《おれ》もいろいろ言《い》いすぎた。反省《はんせい》してる」

「私《わたし》こそ、ごめん。あと、助《たす》けに来《き》てくれてありがとう」

舞子《まいこ》は秋斗《あきと》にむかって、ぺこりと頭《あたま》をさげる。

「秋斗《あきと》が来《き》てくれなかったら、きっと、あの世《よ》につれていかれてたよ」

「おたがいに助《たす》かったってことか」

秋斗《あきと》はふっと笑《え》みを浮《う》かべる。

「まあ、ケンカするんだったら、面《めん》とむかってやろうぜ！」

「うんっ！」

そう返事《へんじ》をして、舞子《まいこ》は白《しろ》い歯《は》を見《み》せた。

「舞子《まいこ》ちゃーん！」

校門《こうもん》のほうから、乃愛《のあ》とユリ、そして、裕太《ゆうた》がかけ寄《よ》ってくる。

乃愛《のあ》が瞳《ひとみ》をうるませて、舞子《まいこ》の手《て》をにぎる。

「よかったぁー。無事《ぶじ》だったんだね」

「うん。ごめんね。心配《しんぱい》かけて」

舞子《まいこ》は乃愛《のあ》にあやまった。

「ユリちゃんも、変《へん》なことにつきあわせてごめんね」

「気《き》にしなくていいよ。それより、戻《もど》ってこられて本当《ほんとう》によかった」

ユリはちらりと旧校舎《きゅうこうしゃ》を見《み》る。

「で、女《おんな》の子《こ》のユーレイには会《あ》えたの？」

「うん。私《わたし》と秋斗《あきと》を助《たす》けてくれたよ」

舞子《まいこ》も視線《しせん》を旧校舎《きゅうこうしゃ》にむける。

舞子《まいこ》たちがいた四階《かい》の教室《きょうしつ》から、誰《だれ》かが自分《じぶん》たちを見《み》ているような気《き》がした。

（もしかして、女《おんな》の子《こ》のユーレイかな）

「ありがとう」

舞子《まいこ》は小《ちい》さな声《こえ》で、女《おんな》の子《こ》の幽霊《ゆうれい》にお礼《れい》を言《い》った。

エピローグ

八十二時間目《じかんめ》の授業《じゅぎょう》を終了《しゅうりょう》します。

クラスメイトの少年《しょうねん》とケンカをした少女《しょうじょ》。

少女《しょうじょ》は少年《しょうねん》をこの世《よ》から消《け》そうと考《かんが》えました。

その願《ねが》いを旧校舎《きゅうこうしゃ》の幽霊《ゆうれい》にかなえてもらうため、少女《しょうじょ》は夜《よる》の旧校舎《きゅうこうしゃ》にしのびこみました。

しかし、そこには恐《おそ》ろしい幽霊《ゆうれい》がたくさんいたのです。

首《くび》の折《お》れたスーツ姿《すがた》の男《おとこ》に、巨大《きょだい》な体《からだ》をした女《おんな》。

髪《かみ》の長《なが》い女《おんな》に黒《くろ》い影《かげ》。

彼《かれ》らは、少女《しょうじょ》をあの世《よ》につれていこうとしました。

しかし、勇気《ゆうき》あるクラスメイトの少年《しょうねん》と甘《あま》い物《もの》が好《す》きな女《おんな》の子《こ》の幽霊《ゆうれい》のおかげで、少女《しょうじょ》は助《たす》かったのです。

もし、皆《みな》さんもかなえてもらいたい願《ねが》いがあるのなら、大《おお》みそかの夜《よる》に旧校舎《きゅうこうしゃ》に行《い》ってみてはいかがでしょう。

女《おんな》の子《こ》の幽霊《ゆうれい》が、あなたの願《ねが》いをかなえてくれるかもしれませんよ。

もちろん、おみやげは忘《わす》れないように。

私《わたし》は甘《あま》い物《もの》が大好《だいす》きですから。

それでは、次回《じかい》の絶叫学級《ぜっきょうがっきゅう》でお会《あ》いしましょう！

絶叫学級《ぜっきょうがっきゅう》

この作品は、集英社よりコミックスとして刊行された『絶叫学級』
2、4、12、15巻をもとに、ノベライズしたものです。

集英社みらい文庫

絶叫学級《ぜっきょうがっきゅう》

悪意《あくい》にまみれた友《とも》だち 編《へん》

いしかわえみ　原作・絵

桑野和明《くわのかずあき》　著

ファンレターのあて先
〒101-8050　東京都千代田区一ツ橋2-5-10　集英社みらい文庫編集部
いただいたお便りは編集部から先生におわたしいたします。

2018年5月29日　第1刷発行

発行者	北畠輝幸
発行所	株式会社 集英社 〒101-8050　東京都千代田区一ツ橋2-5-10 電話　編集部 03-3230-6246 読者係 03-3230-6080 販売部 03-3230-6393（書店専用） http://miraibunko.jp
装丁	小松　昇（Rise Design Room）　中島由佳理
印刷	凸版印刷株式会社
製本	凸版印刷株式会社

★この作品はフィクションです。実在の人物・団体・事件などにはいっさい関係ありません。
ISBN978-4-08-321438-7　C8293　N.D.C.913　188P　18cm

集英社みらい文庫

第《だい》10弾《だん》

悪夢《あくむ》の花園《はなぞの》編《へん》

第《だい》11弾《だん》

いじめの結末《けつまつ》編《へん》

第《だい》12弾《だん》

家族《かぞく》のうらぎり編《へん》

第《だい》13弾《だん》

不幸《ふこう》を呼《よ》ぶ親友《しんゆう》編《へん》

第《だい》14弾《だん》

死《し》を招《まね》く都市《とし》伝説《でんせつ》編《へん》

第《だい》15弾《だん》

呪《のろ》われた初恋《はつこい》編《へん》

第《だい》16弾《だん》

満《み》たされないココロ編《へん》

第《だい》17弾《だん》

笑顔《えがお》の裏《うら》の本音《ほんね》編《へん》

第《だい》18弾《だん》

ナイモノねだりの報《むく》い編《へん》

第《だい》19弾《だん》

人気者《にんきもの》の正体《しょうたい》編《へん》

第《だい》20弾《だん》

いびつな恋愛《れんあい》編《へん》

第《だい》21弾《だん》

つきまとう黒《くろ》い影《かげ》編《へん》

「みらい文庫《ぶんこ》」読者《どくしゃ》のみなさんへ

言葉《ことば》を学《まな》ぶ、感性《かんせい》を磨《みが》く、創造力《そうぞうりょく》を育《はぐく》む……、読書《どくしょ》は「人間力《にんげんりょく》」を高《たか》めるために欠《か》かせません。
たった一枚《いちまい》のページをめくる向《む》こう側《がわ》に、未知《みち》の世界《せかい》、ドキドキのみらいが無限《むげん》に広《ひろ》がっている。
これこそが「本《ほん》」だけが持《も》っているパワーです。

学校《がっこう》の朝《あさ》の読書《どくしょ》に、休《やす》み時間《じかん》に、放課後《ほうかご》に……。いつでも、どこでも、すぐに続《つづ》きを読《よ》みたくなるような、魅力《みりょく》に溢《あふ》れる本《ほん》をたくさん揃《そろ》えていきたい。読書《どくしょ》がくれる、心《こころ》がきらきらしたり胸《むね》がきゅんとする瞬間《しゅんかん》を体験《たいけん》してほしい、楽《たの》しんでほしい。みらいの日本《にほん》、そして世界《せかい》を担《にな》うみなさんが、やがて大人《おとな》になった時《とき》、「読書《どくしょ》の魅力《みりょく》を初《はじ》めて知《し》った本《ほん》」「自分《じぶん》のおこづかいで初《はじ》めて買《か》った一冊《いっさつ》」と思《おも》い出《だ》してくれるような作品《さくひん》を一所懸命《いっしょけんめい》、大切《たいせつ》に創《つく》っていきたい。

そんないっぱいの想《おも》いを込《こ》めながら、作家《さっか》の先生方《せんせいがた》と一緒《いっしょ》に、私《わたし》たちは素敵《すてき》な本作《ほんづく》りを続《つづ》けていきます。「みらい文庫《ぶんこ》」は、無限《むげん》の宇宙《うちゅう》に浮《う》かぶ星《ほし》のように、夢《ゆめ》をたたえ輝《かがや》きながら、次々《つぎつぎ》と新《あたら》しく生《う》まれ続《つづ》けます。

本《ほん》を持《も》つ、その手《て》の中《なか》に、ドキドキするみらい――。

本《ほん》の宇宙《うちゅう》から、自分《じぶん》だけの健《すこ》やかな空想力《くうそうりょく》を育《そだ》て、〝みらいの星《ほし》〟をたくさん見《み》つけてください。

そして、大切《たいせつ》なこと、大切《たいせつ》な人《ひと》をきちんと守《まも》る、強《つよ》くて、やさしい大人《おとな》になってくれることを心《こころ》から願《ねが》っています。

2011年《ねん》 春《はる》

集英社《しゅうえいしゃ》みらい文庫編集部《ぶんこへんしゅうぶ》